Slow reading

慢读译丛｜谢大光 主编

夏目漱石散文随笔集

暖梦

〔日〕夏目漱石 著

陈德文 译

廣東省出版集團

花城出版社

中国·广州

图书在版编目（CIP）数据

暖梦 /（日）夏目漱石著 ; 陈德文译. -- 广州 : 花城出版社, 2014.9（2015.2 重印）
（慢读译丛 / 谢大光主编）
ISBN 978-7-5360-7191-9

Ⅰ. ①暖… Ⅱ. ①夏… ②陈… Ⅲ. ①散文集—日本—现代 Ⅳ. ①I313.65

中国版本图书馆CIP数据核字(2014)第186382号

出 版 人：詹秀敏
责任编辑：余红梅
技术编辑：凌春梅
装帧设计：林露茜

书　　名	暖梦 NUAN MENG
出版发行	花城出版社 （广州市环市东路水荫路 11 号）
经　　销	全国新华书店
印　　刷	恒美印务（广州）有限公司 （广州南沙经济技术开发区环市大道南路 334 号）
开　　本	880 毫米×1230 毫米　32 开
印　　张	8　2 插页
字　　数	180,000 字
版　　次	2014 年 9 月第 1 版　2015 年 2 月第 2 次印刷
定　　价	36.00 元

如发现印装质量问题，请直接与印刷厂联系调换。
购书热线：020—37604658　37602954
花城出版社网站：http://www.fcph.com.cn

“慢读译丛”总序

谢大光

阅读原本是一个人自己的事，与看电影或是欣赏音乐相比，当然自由许多，也自在许多。阅读速度完全可以因人而异，自己选择，并不存在快与慢的问题。才能超常者尽可一目十行，自认愚钝者也不妨十目一行，反正书在自己手中，不会影响他人。然而，今日社会宛如一个大赛场，孩子一出生就被安在了跑道上，孰快孰慢，决定着一生的命运，由不得你自己选择。读书一旦纳入人生竞赛的项目，阅读速度问题就凸显出来了。望子成龙的家长们，期盼甚至逼迫孩子早读、快读、多读，学校和社会也在推波助澜，渲染着强化着竞赛的紧张气氛。这是只有一个目标的竞赛，千军万马过独木桥，无怪乎孩子们要掐着秒表阅读，看一分钟到底能读多少单词。有需求就有市场。走进书店，那些铺天盖地的辅导读物、励志读物、理财读物，无不在争着教人如何速成，如何快捷地取得成功。物质主义时代，读书从一开始就直接地和物质利益挂起钩，越来越成为一种功利化行为。阅读只是知识的填充，只是应付各种人生考试的手段。我们淡漠了甚至忘记了还有另一种阅读，对于今天的我们也许是更为重要的阅读——诉诸心灵的惬意的阅读。

这是我们曾经有过的：清风朗月，一卷在手，心与书从容相对熔融一体，今夕何夕，宠辱皆忘；或是夜深人静，书在枕旁，情感随书中人物的命运起伏，喜怒笑哭，无法自已。这样的阅读会使世界在眼前开阔起来，未来有了无限的可能性，使你更加热爱生活；这样的阅读会在心田种下爱与善的种子，使你懂得如何与他人与自然和谐相处，在纷繁喧嚣的世界中站立起来；这样的阅读能使人找到自己，无论身处顺境还是逆境，抑或面对种种诱惑，也不忘记自己是谁。这样的阅读是快乐的。“好读书，不求甚解。每有会意，便欣然忘食”，我们在引用陶渊明这段自述时，常常忘记了前面还有“闲静少言，不慕名利”八个字。阅读状态和生活态度是紧密相关的。你想从生活中得到什么，就会有怎样的阅读。我们不是生活在梦幻中，谁也不可能完全离开基本的生存需求去读书，那些能够把谋生的职业与个人兴趣合而为一的人，是上天赐福的幸运儿，然而，不要仅仅为了生存去读书吧。即使是从功利的角度出发，目标单一具体的阅读，就像到超市去买预想的商品，进去就拿，拿到就走，快则快矣，少了许多趣味，所得也就有限。有一种教育叫熏陶，有一种成长叫积淀，有一种阅读叫品味。世界如此广阔，生活如此丰富，值得我们细细翻阅，一个劲儿地快马加鞭日夜兼程，岂不是辜负了身边的无限风光。总要有流连忘返含英咀华的兴致，总要有下马看花闲庭信步的自信，有快就要有慢，快是为了慢，慢慢走，慢慢看，慢慢读，可以从生活中文字中发现更多意想不到的意味和乐趣，既享受了生活，又有助于成长。慢也是为了快，速度可以置换成质量，质量就是机遇。君不见森林中的树木，生长缓慢的更结实，更有机会成为栋梁之材。十年树木，百年树人，心灵的成长需要耐心。

在人类历史上，对于关乎心灵的事，从来都是有耐心的。法国的巴黎圣母院，从1163年开始修建至1345年建成，历时180多年；意大利的米兰大教堂，从1386年至1897年，建造了整整五个世纪，而教堂的最后一座铜门直至1965年才被装好；创纪录的是德国科隆大教堂，从1248年至1880年，完全建成竟然耗时632年。如果说，最早的倡议者还存有些许功名之心，经过600多年的岁月淘洗，留下的大约只是虔诚的信仰。在中国，这样安放心灵的建筑也能拉出长长的一串名单：新疆克孜尔千佛洞，从东汉至唐，共开凿600多年；敦煌莫高窟，从前秦建元二年（366）开凿第一个洞窟，一直延续到元代，前后历时千年；洛阳龙门石窟，从北魏太和年间（477–499）到北宋，开凿400多年；天水麦积山石窟，始凿于后秦，历经北魏、北周、隋、唐、五代、宋、元、明、清，各朝陆续营造，前后长达1400多年……同样具有耐心的，还有以文字建造心灵殿堂的作家、学者。“不应该把知识贴在心灵表面，应该注入心灵里面；不应该拿它来喷洒，应该拿它来浸染。要是学习不能改变心灵，使之趋向完美，最好还是就此作罢。”“一个人不学善良做人的知识，其他一切知识对他都是有害的。”以上的话出自法国作家蒙田（1533–1592）。蒙田在他的后半生把自己作为思想的对象物，通过对自己的观察和问讯探究与之相联系的外部世界，花费整整30年时间，完成传世之作《随笔集》，其影响一直延续至今；另一位法国作家拉布吕耶尔（1645-1696），一生在写只有10万字的《品格论》，1688年首版后，每一年都在重版，每版都有新条目增加，他不撒谎，一个字有一个字的分量，直指世道人心，被尊为历史的见证；晚年的列夫·托尔斯泰，已经著作等身，还在苦苦追索人生的意义，一部拷问灵魂的小说《复活》整整写了10年；我们的曹雪芹，穷其一生只留下未完成的《红楼梦》，一代又一代读者受惠于他的心灵泽被，对他这个人却知之甚少，甚至不能确知他的生卒年月。

这些就是人类心灵史上的顿号。我们可以说时代不同了，如今是消费物质时代、信息泛滥时代，变化是如此之快，信息是如此之多，竞争又是如此激烈，稍有怠慢，就会落伍，就会和财富和机会失之交臂，哪里有时间有耐心去关注心灵？然而，物质越是丰富，技术越是先进，越需要强大的精神力量去制衡去掌控，否则世界会失衡，带来灾难性的后果。对于个人来说，善良、真诚、理想、友爱、审美，这些关乎心灵的事，永远不会过时，永远值得投入耐心。千里之行，始于足下，就让我们从读好一本书开始。不必刻意追求速度的快慢，你只要少一些攀比追风的功利之心，多一些平常心，保持自然放松的心态，正像美好的风景让人放慢脚步，动听的音乐会令人驻足，遇到好书自然会使阅读放慢速度，细细欣赏，读完之后还会留下长长的记忆和回味。书和人的关系与人和人的关系有相通之处，物以类聚，人以群分，书人之间也讲究因缘聚会同气相求。敬重书的品质，养成慢读的习惯，好书自然会向你聚拢而来，这将使你一生受用无穷。

正是基于以上考量，我们编辑了这一套“慢读译丛”，尝试着给期待慢读的读者提供一种选择。相信流连其中的人不会失望。

2011年7月10日 于津门

▒ 谢大光：百花文艺出版社原副总编辑，有20多年外国散文编辑经验，先后编辑出版“外国名家散文丛书”“世界散文名著丛书”“世界经典散文新编”等120余种散文书籍；主编《百年外国散文精华》《日本散文经典》《法国散文经典》《俄罗斯散文经典》《拉美散文经典》等。

目录

contents

第一辑　永日小品

第二辑 随想

第三辑　往事漫忆

1 第一辑　永日小品

元　旦

吃罢年夜饭，回到书斋。不一会儿，来了三四个人〔1〕。他们都是青年。其中一人，身穿大礼服。也许不太习惯吧，对于这种麦尔登呢料，总觉得有几分反感。其余的人一律和服，并且都是平日的便装，这哪里像过年？这些人望着“大礼服”，一个个“呀——呀”地叫个不停。这证明大家都很惊奇。我最后也干脆来个“呀——”。

“大礼服”掏出洁白的手帕，擦了擦那张没出什么事儿的脸，接着便大饮屠苏酒。别的人也用筷子夹着饭菜大吃大嚼起来。这时，虚子〔2〕乘车来了。他身穿印着家徽的黑色羽织外

〔1〕夏目镜子《回忆漱石·渲唱谣曲》：“正月元旦，除了森田君、铃木君、松根君和小宫君等常客之外，森卷吉君也来了。森田君穿着新做的大礼服，显得冷缩缩的样子。”

〔2〕高浜虚子（1874—1959），俳句诗人，小说家。生于爱媛县松山。师事正冈子规，主持《杜鹃》杂志。曾获文化勋章。

褂，显得极为老派。

“你还有黑色的家徽服，莫非还在穿着这个演能乐剧[1]吗？”我问。

“嗯，是的。”虚子回答。

于是，他提议：

“咱们来一段谣曲怎么样？”

“谣曲我倒也可以试一试。”我回应道。

接着，我们俩合唱了一段《东北》。还是老早以前学的，几乎从未温习过，所以甚是模糊。再加上我的嗓子又靠不住，好不容易唱起来了，青年们都不约而同地说我声音难听。其中，“大礼服”也说：

“你的声音飘摇不定。”

这帮家伙本来就对谣曲一窍不通。所以，他们对于虚子和我唱得是好是坏，根本说不出个所以然来。不过，从他们的批评来看，即便是外行也是理所当然的，只好认了。我实在没有勇气骂他们“混账”了。

其后，虚子谈起他近来学习打鼓的事。那帮对谣曲全然无知的家伙，都希望他打鼓，一致叫道：

“打打看，务必让我们听听！”

虚子对我说：

“请你唱谣曲。”

〔1〕日本古典戏剧，演员戴着“能面”（面具）演出。下文的“谣曲”则是该剧种的脚本，《东北》和《羽衣》皆为其中的剧目。

这对于不知锣鼓曲为何物的我来说，真是赶着鸭子上架。但我也觉得很新鲜。

“那就唱吧。”

我一口答应。虚子使唤车夫跑回去拿鼓，鼓拿来了，又叫他从厨房搬来炭炉，架在熊熊燃烧的炭火上烤鼓皮。大伙儿惊奇地望着，我看到用猛火熏烤，也感到很吃惊。

“这样行吗？”我问。

“嗯，行！”

他一边回答，一边用指尖儿在紧绷绷的鼓皮上“铿”地弹了一下，声音很响亮。

“已经好啦。”

他把鼓从炭炉上拿下来，将鼓穗子拴结实。一个身穿家徽礼服的汉子，摆弄着绯红的鼓穗子，显得很优雅。大家兴奋地望着他。

不久，虚子脱掉羽织外褂，紧紧抱着鼓。我请他稍等，首先，我不知道他在哪里敲鼓，总得商量一下吧。于是，虚子耐心地给我一一说明：这里该吆喝几声，这里该怎么打鼓，你只管唱好了。可我一点儿也记不住。然而，要研究出个双方一致的意见，需要花上两三个小时。不得已也只好马马虎虎答应下来。我选了《羽衣》中的一段曲子，“春雾迷蒙烟霞生……”刚唱到这儿，就觉得不大对劲儿，开始后悔起来，感到毫无气势。不过，半道上忽然提高嗓门，就会影响总体的协调，所以只好任其萎靡下去。一旦压低嗓门，虚子就大声呼喊，用力击鼓。

我做梦也未料到虚子的动作这么猛烈。本来我以为，他的呼喊将会美妙而悠长，没料到声声震撼着我的耳鼓，简直就像真刀真枪决战胜负一样。我唱的谣曲三番两次受到他吆喝声的煽动而昂扬起来，等到渐次沉静的当儿，虚子从旁又是一声厉喝。我的嗓音每次受他的惊吓而飘摇不定。于是，越来越小了。过了一阵子，听众们嘻嘻窃笑起来。我自己心里也觉得太不像样了。这时，“大礼服”最先站起身，“噗嗤”笑了。我受他的影响，也跟着一起笑了。

接着就受到一阵疾风暴雨般的批评。其中，“大礼服”的话极尽冷嘲热讽之能事。虚子只好微笑着，自己击鼓，自己演唱，好歹结束了这场谣曲表演。过了一会儿，他说还要到别的地方巡回演出，便急匆匆乘车走了。其后，我又受到青年们的种种奚落，妻子也跟着他们一道儿贬低丈夫。最后，她感叹地说：

“高浜先生打鼓时，内衣袖子忽闪忽闪的，那颜色好看极了！”

“大礼服”立表赞成。

依我看，虚子内衣袖子的颜色，还有那忽闪忽闪的样子，一点儿也不美。

蛇

打开栅栏门走到外面，只见巨大的马蹄印里积满了雨水。一脚踩在地上，“扑哧”一声，泥水溅到足跟后头。抬起脚底板时有些疼痛。因为右手提着小木桶，行动很不方便。勉强迈步时，上半身为了取得平衡，真想把手里的东西扔出去。不久，小木桶的屁股一下子蹾进了泥里。我差点儿跌倒了，顺势骑在小木桶的木把上，抬头一看，叔叔就在前头两米远的地方。他披着蓑衣的肩膀上，搭拉着三角形的渔网。此时，戴在头上的斗笠稍微动了动。“路很难走啊！”斗笠下传来了这句话。不一会儿，蓑衣的影子在风雨中模糊起来。

站在石桥上向下看，黑水从草丛里涌出来。平时，不超过踝骨上面三寸的河水底部，长长的水藻，左右飘摇。看似清澈的水流，今天水底却很浑浊，从下边泛起了污泥。天空里雨点儿敲打，中间漩涡翻卷奔流。叔叔盯着漩涡看了好久，嘴里嘟囔着：

“能抓到。”

两人渡过桥，立即向左转。漩涡从青青的秧田中蜿蜒流过，不知流向哪里。我们只管顺着流势向前走了一百多米。就这样，只有我们两个冒雨站在空阔的田野里。只能看到雨。叔叔从斗笠下仰望天空。天空像茶壶盖子一般，严严实实封闭着黑暗。不知从哪里，雨水无间隙地降落下来。脚步一停，就听到哗哗的雨声。这是雨水打在身上斗笠和蓑衣上的响声，接着便是四面田野里的雨音。对面的贵王神社森林也似乎传来遥远的响声。

森林上空，黑云聚集于杉树梢顶，浓密重叠，深不可测。这些云朵由于自然的重量，从空中耷拉下来。眼下，云脚缠络在杉树梢头，眼看就要降落在森林里了。

凝神注目脚下，漩涡不住从水面上流过来。贵王神社森林后面的水池，似乎遭到云的袭击，漩涡的形状看起来气势雄壮。叔叔又在盯着翻卷的漩涡了。

"能抓到。"

他嘀咕着，似乎想捕到什么东西。不一会儿，他披着蓑衣下水了。水流湍急，但不很深。站着浸到腰部。叔叔在河中央弓着腰，面对贵王神社森林，向着河上游，下了肩头上的网。

两人凝神站在雨声中，眺望着眼前奔涌而来的漩涡。贵王池里冲走的鱼儿，定是从漩涡底下通过吧。要是下好网，想必能逮到大鱼。想到这里，我一心一意盯着奔涌的水色。河水本来就很浑浊，只能看到表面的波动，弄不清楚水底下究竟流过了什么。尽管如此，我依然注视着叔叔浸在水里的腕子的动作，眼睛一眨不眨。然而，叔叔的手一直不肯动一下。

雨脚次第变黑了，河水的颜色渐渐浓重了。漩涡的水纹迅速旋转到水面上。此时，黝黑的水波打眼前锐利地通过，这当儿，急剧地改变了颜色。因为承受着短暂的光亮，这种状态转瞬即逝。我想，这是巨大的河鳗吧。

突然，叔叔逆着水流紧握网柄的右臂，从蓑衣底下向肩头反弹般地动了一下。一个长长的东西离开了他的手心。那东西在暗雨喧嚣中，凝重地描画着绳子似的曲线，跌落到对面的河堤上。仔细一看，草从中赫然抬起一颗尺把高的镰刀头，一直盯着我们两个人瞧。

“要记住！”

声音似乎是叔叔发出的。同时，那镰刀头消失在草丛里了。叔叔脸色铁青，望着甩掉蛇的地方。

“叔叔，刚才是您说的‘要记住’吗？”

叔叔渐渐朝我这里张望，低声回答：“是谁说的，我也不清楚。”直到今天，每当我向叔叔问起这件事，叔叔总是带着奇妙的表情回答，是谁说的他也不知道。

小　偷

正要到下一间屋子睡觉去，忽然嗅到被炉的焦味儿。入厕回来时，我提醒妻子：当心火太旺了！说罢，回到自己房间。已经过十一点了，在被窝里照常做了个安稳的梦。虽说很冷，但没有风，也听不到挂钟的走动。熟睡，仿佛灌醉了时光的世界，简直不省人事了。

这时，突然被女人的啼哭惊醒。仔细倾听，是名叫“妹代”的女佣的声音。这位女佣经常因惊吓而六神无主，只会痛哭流涕。不久前，家里的婴儿洗澡时，被热气熏得脑贫血，一时抽起筋来，女佣吓得哭了五分钟。不过，我第一次发现这位女佣的哭声有些异样。她一边啜泣，一边慌慌张张讲述着什么。像是控诉、劝说、道歉，悲悼情人之死——总之，是一般受到惊吓时才会有的口吻，不是那种带着尖锐而简短的感叹词的语调。

刚才说了，我被这种异样的声音惊醒了。声音确实是打妻子熟睡的下一间屋子发出的。同时，通红的火光透过隔扇缝隙，飒然射向黑暗的书斋。刚刚睁开的眼皮内一旦瞥见这团火光，立即想到火灾，随即折身而起。接着，猛然“哗啦”一声，打开中间的障子门。

当时，我脑子里想象的是，被炉倒了，被子烤焦了，以及弥漫的烟雾，燃烧的榻榻米。然而，开门一看，煤油灯依旧亮着，妻和孩子们照常躺着，被炉还是平静地摆在昨晚的位置。一切都和就寝前所见到的一样，平和、温暖。只是女佣一个劲儿哭个没完。

女佣仿佛按住妻子身上被子的一角，急急忙忙诉说着什么。妻子醒了，只是眨巴眨巴眼睛，不像要起来的样子。我不知发生了什么事情，只管站在门槛边，茫然地环视着屋内。突然，女佣的哭诉中出现“小偷”两个字。这两个字一旦进入我的耳鼓，似乎一切都迎刃而解了。我大步流星穿过妻子房间，一边向下一间屋子奔跑，一边大喊：“干什么！”但是，我跑去的那间屋子一片晦暗，连接着厨房的挡雨窗有一片脱开了，清冷的月光照射到房门边。深更半夜，我凝望着照亮人居深处的月影，不由感到一阵寒凉。光脚踏着地板走到厨房水池旁，四周一派岑寂，看看外头，唯有月光。我一步也不想跨出户外。

折回头来到妻子卧房，告诉她小偷逃了，放心吧，什么也没少。妻这才好不容易起来，二话没说，端起油灯走进暗黑的房间，照亮了衣橱的前面。双扇橱门敞开着，抽屉拉了出来。妻睃了我一眼说，到底还是给偷了。这时，我才想到小偷是作案之后跑掉的，于是立即感到，自己真是太糊涂了。再朝旁边一瞅，那位哭着吵醒我的女佣被子被偷了。枕头边还有一个衣橱，这个衣橱上头又摞着一个小橱，据说平日里送给医生的红包及其他零钱都放在小橱里头。我叫妻子检查一下，她看了一下说，这里原样未动。因为女佣是哭着跑过走廊的，小偷也许正在作案，听到动静立即逃走了。

这时候，睡在外间屋子里的家人都起来了，七嘴八舌地议论着。有的说，刚刚去小解过；有的说，一直没睡，直到两点还是毫无困意……大家似乎都深感遗憾。其中，十岁的长女说，她清楚地听到，小偷从厨房进来，脚步轻轻打走廊走过。

"哎呀，我的天！"阿房大吃一惊。阿房十八岁了，是亲戚家的闺女，和长女睡在同一间屋子。

我又钻进被窝睡了。

第二天，稍晚些时分，这件案子又闹腾开了。洗罢脸正在吃早饭，女佣又在厨房嚷嚷开了，一会儿说看见了小偷的脚印，一会儿又说没看见。我怕吵嚷，回到书斋，没过十分钟，玄关外有人喊叫开门，声音很洪亮。看样子，厨房里没人听见，我只得亲自去看看。只见警察站在木格子外面。他笑道：

"听说小偷来过了？"又问：

"门窗关不严实吗？"

"是啊，是有些关不紧啊。"我回答。

"那难怪，门窗关不严，小偷总会从什么地方钻进来的。"

他提醒说：

"每一扇挡雨窗都要钉上钉子。"

我只得"是啊是啊"地应承着。见到这位警察之后，我仿佛觉得，坏人不是小偷，而是我这个马马虎虎的主人。

警察到厨房转了转，逮住妻子，问清丢失的东西，一一登在笔记本上。

“素花缎圆筒腰带一条，对吧？——这圆筒腰带是什么东西？就这么写上看得懂吗？好吧，素花缎圆筒腰带一条，还有……”

女佣只顾傻笑。这位警察对圆筒腰带和双面腰带一窍不通，好一个单纯而有趣的警察！不一会儿，目录上开列了十件失物，并在下头标明了价格。最后，他临走时极为认真地撂下一句话：

“一共一百五十元。”〔1〕

我这时才开始弄明白，究竟丢了些什么东西。十项失物，全是和服衣带。昨夜进家的，是个专偷衣带的小偷。眼看就要过新年了，妻子脸上带着异样的神情。看来，孩子们过年连续三天不能换衣服了，真是没法子！

午后，来了一位刑警，走进客厅张望了一番。

“有没有在小木桶里点着蜡烛作案呢？”

他说罢，查了查小木桶。我说：

“喝杯茶吧。”

于是让他到茶之间坐坐，聊了聊天。

据他说，小偷大多都是从下谷或浅草等地乘电车过来的，天一亮就又乘电车返回去。一般都不抓，因为抓了警方受损

〔1〕据明治四十二年（1909）大藏省调查，每石白米零售价为17.592元。

失。要为小偷付电车费，审判时还得管他们盒饭，太不划算了。至于公务费警视厅拿一半，其余由各位警察分摊。牛込警察局只有三四个刑警，我本来以为，一般的案子，凭他们的警力是可以对付的。这下子没有把握了。看到这位刑警谈话时的神色，他好像也没有把握。

叫工匠来修门窗，不巧天黑了，做不了什么事。说着说着，到了夜晚。没办法，只好暂且原样撂下来睡觉。家人都很害怕，我心里也绝不好过。警方的意思已经很明白，要防止小偷，只好由各家自己想办法。

不过，这种事儿不是一天两天能解决的，不会有什么问题吧？于是放心地睡下了。谁知半夜里，妻子又把我叫醒，说刚才厨房里嘎达嘎达响，心里很害怕，叫我快起来去看看。可不是，嘎达嘎达响。看妻子的脸色，小偷确实又来了。

我悄悄出了被窝，蹑手蹑脚穿过妻的卧房，来到中央隔扇一旁，下一间屋子里，女佣正在打呼噜。我打开隔扇，尽量不弄出声响，一个人站在漆黑的房间内。我听到咯吱咯吱的声音，那确实是打厨房门口传来的。我像个影子一般，摸黑朝着发出响声的地方走了三步，已经到房门口了。障子门关着，外头紧接着木板地。我倚着障子门在暗处听了听，不一会儿，又是一阵咯吱咯吱响。再过一会儿，还是咯吱咯吱响。这种奇怪的响声，我大约听到四五遍了。那里位于木板地左侧，肯定是从碗柜里发出来的。我突然放松了脚步，带着寻常的动作，回到妻子卧房。

“是老鼠啃东西呢，放心吧。”我说。

“是这样啊！”妻似乎有些庆幸地答道。

于是，两人都安心地睡下了。

翌日早晨，洗罢脸又进入茶之间，妻将老鼠吃过的松鱼片放进饭盘摆在我面前，她说这就是昨夜里老鼠吃剩的。我恍然大悟，眼睁睁瞅着被折腾一整夜的松鱼片。接着，妻又说道：

“你要是顺便赶走老鼠，将松鱼片收起来就好了。”

她的话音里带着几分不满。这时，我也才意识到，要是那样该多好。

柿　子

有个小孩儿叫阿喜。光洁的皮肤，明亮的眸子，面颊红润，就像世上常见的发育良好的孩子一样。乍看起来，性格单纯而幼稚。进出家门的理发师评价说，这都因为他母亲过分溺爱，不让他到外面玩耍的原故。流行束发的当世，他母亲每隔四天，总要请理发师来一趟，为她打理那头古风的发式。这女子叫起亲儿子来，总是“喜儿，喜儿”地高声呼喊。母亲上头还有一位喜欢留短发的祖母，这位祖母也是“喜儿，喜儿”地直吆喝。

“喜儿，该去练琴啦！”

“喜儿，可不要到外头跟那些孩子胡闹啊！”

因此，阿喜几乎从未到外面玩耍过。不过，附近也没有什么好玩的场所。从前有一家咸饼干店，旁边住着瓦匠。再向前是一家修木屐的和一家打锁眼儿的店。可是，阿喜的家人是银行的职员。他家院墙里栽着松树，一到冬天，花匠就赶来，在狭窄的庭院里铺上一层干松针。

阿喜实在寂寞得很，每天放学后，只好到后院里玩耍。后院本是母亲和祖母晒东西的地方，也就是洗衣场。一到年底，头上扎着手巾的汉子，担着一只石臼走来，于是这里又成了捣年糕的地方。同时，还在这里为腌菜撒上盐，塞进大木桶里。

阿喜在这里同母亲、祖母还有良子一道玩。有时没有人和他玩，阿喜就一个人独耍。逢到这时候，他经常透过矮矮的篱笆，对着后面的大杂院窥探。

大杂院一连有五六栋。篱笆下面是三四尺高的悬崖，阿喜站在上面向下窥视，下面的情景看得一清二楚。阿喜毕竟是个孩子，每当看到后面的大杂院，他都感到很是愉快。在兵工厂上班的阿辰，光着膀子喝酒，“他在喝酒呢。”阿喜对母亲说。木匠源坊在磨斧子，“他在磨东西呢。”阿喜告诉祖母。此外，“打架啦！”“吃烤白薯啦！”等等，他看到什么就报告什么。接着，他便纵情大笑。母亲和祖母也跟着他一同笑起来。看到祖母和母亲也被逗笑了，阿喜心里最得意。

阿喜窥看后院，经常和源坊的儿子与吉打照面。于是，每隔三次，总要交谈一次。不过，阿喜和与吉老是谈不拢，每次都要吵架。每当与吉站在下头说：“瞧你，黄胖子！”阿喜就从上面回答：“哼，鼻涕将军！穷光蛋！”说罢，轻蔑地翘起圆圆的下巴颏儿。与吉发怒了，从下边用晒衣杆向上戳来，阿喜吓得逃回家中。后来，阿喜用毛线缠的漂亮的皮球掉到悬崖下边去了，与吉拾到了不肯还给他。

“还给我！扔上来，快！”

阿喜急得团团转，与吉握着那只皮球，瞧着上面，愤愤然伫立不动。

“道歉！道了歉我就还给你！”与吉说。

“谁道歉？小偷！”

阿喜喊着，走到正在缝衣服的母亲身边，哭了起来。母亲有些生气了，特地跑去索要，与吉的母亲嘴里只是说“对不起”，皮球还是没有回到阿喜手里来。

其后又过了三天，阿喜拿着一个大红柿子到后院去。于是，与吉照例来到崖下。阿喜把红柿子从篱笆缝里送出去，说道：

“啾，送给你吧。”

与吉一面从下面凝望着柿子，一面叫道：

“干什么呀？干什么呀？”一点儿也不动心。

“你不要？不要拉倒。”

阿喜从篱笆下头缩回了手。与吉依然嘀咕着：

“干什么呀？干什么呀？我揍你！”他又来到崖下。

“喂，你要吗？”阿喜又伸出了柿子。

“谁稀罕那个呀！”与吉瞪着眼睛，仰头瞧着。

这种问答重复了四五遍。

“好吧，我送给你。”

阿喜说着，将手中的柿子“吧嗒”一声投到崖下来了。与吉慌忙拾起沾着泥土的柿子，忙不迭地“咔嚓”咬了一口。

这时，与吉的鼻孔不住地震颤，肥厚的嘴唇向右歪斜。他把吃进的柿子吐出来一片，眼睛里充满愤怒。

“太涩啦！谁要吃这种柿子！”

说着，与吉又把手里的柿子扔给了阿喜。柿子越过阿喜的头顶，落到后面的库房上了。

“哎，馋鬼！”阿喜一边喊，一边跑回家里。不一会儿，阿喜家中腾起一阵响亮的笑声。

火　钵

睁开眼睛，昨夜抱着睡觉的怀炉在肚子上已经冷了。透过玻璃窗眺望屋外，铅一般浓重的天空，看起来那般低沉。胃痛好多了。咬咬牙从被窝里站起身，比预料的要冷。窗下边，昨日的积雪依然如故。

澡堂结了冰，光闪闪的。自来水冻了，水龙头已经失灵。好容易用温水擦了下身子，便到“茶之间”沏了杯红茶，这时，刚刚两岁的男孩儿照例哭起来了。这孩子前天哭了一天，昨天又接着哭了一天，我问妻到底怎么了，妻说，也没有什么，只因为天冷，实在没办法。可不是吗，他只是抽抽搭搭的，似乎也没有什么痛苦。不过，他既然哭，肯定有不舒服的地方，一问，结果弄得我倒不安起来。有时，有点气不过，想对他大声呵斥一番，但又觉得声音太小，这哪里像是呵斥，于是又忍住了。前天和昨天都是这样，今天恐怕还得这样吧。想到这里，一大早心情就不好。因为胃不好，最近决定不吃早饭，所以端着茶碗退到书斋里来了。

在火钵上烤烤手，稍微有点暖和了，孩子又在那边哭起来。这时，掌心里烤得发烫，脊背到肩膀还是冷得要命。尤其是足尖冻得生疼。没办法，只能坐着一动不动。手不论触及何处，都像芒刺一般引起神经性的反射。即使转动一下脖颈，衣服的领口又滑又凉，叫人不堪忍受。我自己接受着四面的寒冷的压迫，龟缩于十铺席大的书斋的中央。这书斋是地板房，本来该用座椅的地方却铺着地毯，我把它想象为一般的榻榻米的房子而端坐其间。然而，地毯窄小，四面都有二尺多宽空地，光溜溜的地板裸露着，闪着光亮。我凝神望着闪光的地板，呆然静坐了一会儿，男孩儿又哭起来。我到底没有心思做事了。

这时，妻要进来借用钟表，她说外头又下雪了。一看，细小的雪不知何时又下了起来，没有风，从那浑浊的半空里静静地，不慌不忙地，冷然地飘落着。

"哎，去年孩子生病烤火炉时，火炭钱是多少来着？"

"那时候月末付了二十八元呢。"

听到妻子的答案，对于烤火炉断念了。那火炉早已扔在后院储藏室里了。

"喂，能不能使孩子安静些呢？"

妻露出不得已的表情，这样说道：

"阿政说肚子疼，太难受了。请林医生看看好吗？"

我知道阿政已躺了两三天了，但没想到会这么严重。我催促说，尽快找医生看看吧。妻回答，就这么办。说罢就拿起钟表走了。她在关隔扇时，说这屋子有些冷。

我仍然手脚麻木，不想工作。说实话，事情多如山积。自己的稿子该写出第一章了。受一位陌生青年之托，他的短篇小说我也有义务读上两三篇。已经约定要把某人的作品付上信推荐给一家杂志。这两三月，该读而没有读的书籍都堆放在书桌旁边了。这一周来，每当要伏案工作时总是有人来。他们是来商谈一些事情的。再加上胃又痛。然而今天却是幸运。可是，天寒人懒，不肯将手离开火钵。

这时，有人在门口停车。女佣来报：长泽君来访。我依然缩在火钵旁，翻翻眼皮，望了望进来的长泽，说天凉不愿动弹。长泽从怀里掏出信念起来。信上说，这个月十五日是旧历新年，务必给予方便，云云。仍然是谈钱的事。长泽过十二点回去了。可还是冷得很。干脆去洗个澡，提提神吧。这样一想，便拎着毛巾走出大门。谁知又撞到来访的吉田了。让到客厅，对他嘘寒问暖一番，吉田呜呜哭起来了。这时，医生到家里来了，在内房里嘁嘁喳喳说着话儿。吉田好不容易回去了，孩子又哭起来。我还是去洗澡了。

洗了澡觉得暖和了。回到家一进书斋，油灯点燃着，窗帘也拉上了。火钵里新制的木炭燃得正旺。我一屁股坐在座垫上。妻在里头问，外头冷吧？她说罢端来了荞麦汤。我问阿政的病情，她说，看样子是阑尾炎。我接过荞麦汤说，要是再不好就去住院吧。妻说，那样也好。说完她回“茶之间”了。

妻出去后，一下子静了下来。又是一个雪夜！所幸，哭闹的孩子睡了。我喝着荞麦汤，坐在明亮的灯光下，倾听着刚添的木炭毕毕剥剥燃烧的声音。红红的炭火在四周的灰烬里微微闪动着，时时有淡蓝的火焰从炭块里冒出来。在这样的炭火的颜色里，我开始尝到一日来的暖气。就这样，我一直守望着次第发白的炭灰，久久不愿离开。

下　宿[1]

起初入居的下宿在北边高台上。我看中了这座小巧的红砖瓦两层建筑，每周支付相当高额的两英镑房钱，租下了里面的一间。听主妇说，当时占据外面一间的K氏，眼下正在苏格兰巡游，暂时不回来。

这位主妇双眼凹陷、鼻梁扁平、下巴和两颊尖削、脸孔精瘦。乍一看猜不出年龄，是个超越女性的人。神经质、偏执、任性、倔强、多疑，所有的弱点捉弄着她那副鼻眼，才使她成为这副扭曲的人相吧？

主妇有着不很合乎北国[2]的黑发和黑眸，但语言却和普通的英国人没有丝毫不同。搬来那天，她从楼下招呼我喝茶，下去一看，家里再没有别人。在朝北的小餐厅里，我和主妇两

〔1〕利用家中空房开设的私人旅馆。

〔2〕指英国。

个相向而坐。屋内晦暗没有阳光，我向周围一打量，看到壁炉上养着一株瘦弱的水仙。主妇劝我吃茶和面包片，和我聊起了家常。这时，她告诉我，她出生的故乡不是英国，而是法国。她转动一下黑眼珠，回头看了看身后玻璃瓶里插的水仙，说英国多阴天，太冷了就不行。她的意思是想对我说明这花长得不漂亮的缘由吧？

我看了看水仙瘦弱的样子，又看了看女人瘦削的面颊上流下的褪色的血迹，心里想象她在遥远的法国应该享有的温暖的梦。主妇的黑发和黑眼珠里依然存留着几年前已经消泯的青春的历史，那是一段馨香而又空漠的历史。

“你会说法语吗？”我问。

她本想说“不会”，翻了下舌尖，说了两三句圆润的南方的语言。我想，从她那生硬的喉咙里怎能发出如此优美的音调呢？

当天晚餐，桌边坐着一位秃头白髯的老人。

“这是我父亲。”主妇介绍说。

我这时才知道，房东是这位年长者。这位房东用语奇特，一问，他也不是英国人。我明白了，这父女两人渡过海峡住到伦敦来了。接着，老人没等我发问就主动说：

“我是德国人。”

我有点出乎意外，“是吗？”只应了一句。

回到宿舍，开始读书，不知怎么，倒惦念起楼下这对父女来了。那位父亲和骨瘦如柴的女儿相比怎么也不像。一张臃肿的面孔，中央摊着一只厚的鼻子，两只细小的眼睛。南亚[1]有个总统叫克留格尔[2]，和他很相像。在我看来，并不是一张令人愉快的脸。此外，他对女儿说起话来也缺少和气。口齿不清楚，不知什么意思，但声调很高。女儿对待父亲，阴沉的面孔更显得阴沉。怎么看都不像是父女关系。——想着想着，我睡下了。

第二天下去吃早饭，除了昨晚那对父女之外，又添了一位家庭成员。这位新来的人，是个面色红润、表情可爱、四十光景的男子。我在食堂门口和他碰面的时候，方感觉自己仍然住在一个有生气的人类社会里。“My brother。”主妇把那男子向我介绍。依然不是她丈夫。但是她们的长相实在令人难以相信是一对兄妹。

当天的中饭是在外头吃的，三点多钟回来，进入自己的宿舍不久，有人来叫我下去喝茶。今日又是阴天。打开晦暗的食堂门，主妇一个人坐在暖炉旁，身边放着茶具。她专门生了炭火，我感到有几分暖意。刚刚燃旺的火焰映射在主妇的面孔上，显得有些潮红。她是傅了白粉的。我忽然想起，她曾在我宿舍门口说过化妆是没意思的。主妇似乎看透了我的心思，她一直瞧着我。此时，我从主妇那里听到了他们全家的事情。

主妇的母亲，二十五年前嫁给一个法国人，生下她这个女

〔1〕原文如此，疑为南非之误。

〔2〕保罗·克留格尔（1825—1904），南非政治家，1883年起，曾连续三次当选德兰士瓦（现南非东北部）共和国大总统。

儿。过了几年，丈夫死了，母亲领着女儿又改嫁给一个德国人。这个德国人就是昨晚那个老人。他现在在伦敦西区[1]开设一爿裁缝铺，每天到那里上班，前妻生的儿子也在同一个店铺工作。父子关系很坏，虽然同是一家，从来不讲话。儿子夜里很晚才回来，他在门口脱鞋，穿着袜子经过廊下进入自己的房间，不让自己的父亲发觉。她母亲很早死了，临终前一一交代了自己的后事。财产全部转移到这位老人手里，他不能自由地花一分钱。无可奈何才开了这所旅馆，赚些零用。关于阿格尼斯——

主妇没有说下去。阿格尼斯是在这里当佣人的十三四岁的女孩子。我发现早晨看到的那个儿子，其长相倒有几分和阿格尼斯相似。恰好，阿格尼斯端着面包片从厨房里出来。

"阿格尼斯，你吃点面包片吧。"

阿格尼斯没有吱声，她接过一片面包又回厨房去了。

一个月之后，我离开了这所下宿。

[1] West End，伦敦西部高级住宅区。

过去的味道

在我离开这家下宿之前两个星期，K君从苏格兰回来了。当时，房东主妇将我介绍给K君，我们两个日本人，在伦敦的高级住宅区的一家小旅馆偶然相遇，互相也没有通报姓名，单单借助一个不明身份而且也不了解其秉性、经历的外国女子的介绍，我竟然能对他如此信赖，现在想想，也还有些不可理解。当时这位身穿黑衣服的老处女，将布满青筋、干燥瘦削的手伸到我眼前说：

“K君，这就是N君。”话音还没有落，又把另一只手伸到对方面前说：

“N君，这就是K君。”双方均等，不偏不倚。

老处女的态度颇为严肃、认真，具有一种慑人的气度，我对此多少有些吃惊。站在我面前的K君，生着一双漂亮的双眼皮，眼角荡起皱纹，满脸微笑。我也笑着，心中充满矛盾，甚至有些凄凉。我站在那里，心想，经由幽灵的媒妁撮合而成的婚姻，在举行婚礼的时候，那心情也是如此吧？我甚至想象着，大凡这位老处女的黑影所到之处，全然会失去活气，忽地转变为古迹。谁要是不小心触到她的皮肉，谁身上的血液也一定会变得冰冷。我半转过头，望了望门外渐渐消失的那女子的脚步声。

老处女走了之后，我和K君立即亲热起来。K君的房间铺着漂亮的地毯，挂着白绸子窗帘，摆着高档的安乐椅和转椅。此外，另有一间小卧室。更令人感兴趣的事情是：他不断使壁炉烧得更旺，毫不可惜地将闪光的煤块儿敲碎。

小说《草枕》封面　小林万吾画（1906年9月）

然后，我便和K君两个人坐在他的房间里喝茶。中午，时常去附近的饭馆吃饭，每次都由K君付钱。据K君说，他是来调查海港建设的，手里很有钱。他在家里穿的是紫红色花鸟绸缎绣袍，甚感愉快。同他相反，我身上还是离开日本时穿的衣服，已经脏污，显得很是寒酸。K看不下去，答应借钱给我置新装。

两周内，我和K君谈了好多话。K君说他最近要组织一个“庆应内阁”，只有庆应年代[1]出生的人才有资格参加，所以叫“庆应内阁”。他问我何时出生，我回答说庆应三年。他笑了，说：

“你还有资格入阁。”

我记得K君似乎生于庆应二年或元年，只差一年我就失去同K君共参机枢的权力了。

谈论着这些有趣的话题，经常提到下面一家人。每逢这时，K君总是又皱眉又摇头。他说那位阿格尼斯小女孩最可怜。每天早晨，阿格尼斯都来K君的房间送煤，过午拿来茶、黄油和面包。她默默地进来，默默地放下东西就回去。不管何时见面，她只是用她那苍白的面孔和明亮的大眼睛稍稍示意。她像影子一般出现，又像影子一般离开，从未听到过她的脚步声。

一次，我因为心情不快活，告诉K我想离开这个家。K君表示赞成，他劝我说，他自己因为忙于调查工作，每天都东奔西走，住下去不妨碍；而像我这样的人，应该找个舒适的便于用功的地方才是。当时，K君正要到地中海对面去，他在不停地收拾行装。

我搬出这家旅馆时，老处女一个劲儿挽留我。她说房租可

[1] 庆应年代为1865年4月7日—1868年9月8日。

以降低，她甚至许诺，K君不在时，我可以使用他的房间。但我最后还是迁到南方了。当时，K君也到远方去了。

过了两三个月，突然接到K君的来信。他说已经旅行回来了，眼下在家，叫我有空去玩。我很想马上就去，但鉴于种种原因，没有时间到北陲去。过了一周，我幸好有事情去伊斯林登，回来的路上，顺便到K君那里转了转。

从外面二楼的窗户望去，看到紧闭的玻璃上映着双幅的窗帘。我多么想挨着壁炉，听一听身穿紫红绣袍、坐在安乐椅上的K君畅谈他的旅行观感啊！我咚咚咚敲击着门环，恨不得一头闯进去，快步跑上楼梯。门内听不到脚步声，正要举手再敲的当儿，门自然开了，我一步跨进了门槛。这时，正巧同阿格尼斯打个照面儿。她困惑地抬头凝视着我。当时，三个月里已经忘却的以往那种下宿的气息，又在逼仄走廊的中央，闪电般刺激着我的嗅觉。在这股气息中，曾经一度包蕴着黑头发和黑眼睛，克留格尔般的面孔，那位同阿格尼斯长相相似的儿子，以及儿子影子般的阿格尼斯，还有盘踞在他们之间的那些秘密。当我嗅到这股气息时，我清楚感觉到，他们的情意、动作、言语和表情，都一齐藏进了黑暗地狱的底层。于是，我再也没有心思上楼探望K君了。

猫之墓

搬到早稻田之后，猫渐渐瘦下来。再也不想同孩子们一道玩了。有太阳时，就趴在走廊上。并拢的前爪，托着四角形的下巴颏，呆呆瞅着院子里的树木。一直看不到丝毫的动静。孩子们尽管在它旁边吵闹，它只当没听见。孩子们也开始不理它了。这只猫不再是他们的伙伴了，对这位老朋友也不肯搭理了。不光是孩子们，就连女佣除了一日三次将吃食摆在厨房一角之外，几乎不再管它了。况且，这份吃食大都被近邻的大花猫跑来享用，猫也并不特别发怒，看不到争夺的样子，只是一味地睡觉。但是，它那睡觉的姿势似乎很不舒服，同那种自由自在弛然而卧、尽情享受阳光的情景大不一样，它实在没有动弹的气力了。——这还不足以形容，懒惰超越了限度，不动则感到寂寞，动则更加感到寂寞，于是咬咬牙，强忍着算了。它的眼神虽说始终盯着院里的树木，但它恐怕没有意识到树木的枝叶和根干的形态吧。它只是茫然地把那青黄色的瞳孔投向一个固定的地方。如同家里的孩子不再意识到它的存在一样，猫儿自己似乎也弄不清这个世界是否存在。

尽管如此，猫还是时时有事到外面去，但是每次都被附近的大花猫追逐，胆战心惊地跳上走廊，冲破紧闭的障子门，逃进火炉旁边来。只有这个时候，家人才注意到猫的存在。也只有在这个时候，它才为自己依然活着而感到心满意足。

长此以往，猫的修长的尾巴渐渐脱光了毛，起初斑斑点点，像是一个个小洞，到后来毛越来越稀，露出一片粉红的肌肉，可怜地耷拉着。猫蜷曲着那副历经沧桑、疲惫不堪的身子，不住地舔舐那块疼痛的局部。

我问道：

“哎，猫到底怎么啦？”

“唉，你问这个，还不是因为老了的缘故吗？”妻极为冷淡地回答。

于是，我也放着不管了。过了些日子，发现猫一日三餐时时都泛起呕吐，喉咙管里像被噎住了，一个劲儿发出痛苦的声音，要打嗝，要打喷嚏，都不能顺利地实现。猫虽然很痛苦，但出于不得已，一旦发现就把它赶出去，不然，榻榻米和被褥，都会弄得一塌糊涂。就连待客用的八段锦的座垫，也会被它搞得脏污不堪。

“看来没法子啦。或许肠胃不好，把宝丹[1]溶在水里给它喝吧。”

〔1〕明治初年制造的一种芳香的毒剂。

妻什么也没有说。过了两三天，我问：

“喂没喂宝丹水？”

妻回答：

“喂也没用，根本张不开嘴。”

妻又加以说明：

“喂它鱼骨头也吐。”

“那就不要硬喂它嘛。”

我稍稍提高嗓门嚷道，随即又埋头于书本了。

猫只要不呕吐，依然安安稳稳地睡觉。这阵子，它一直紧缩的身子，紧贴地面蹲踞着，似乎只有走廊才能支撑住自己的身体。它的目光稍微起了变化，当初近处的视线，似乎映出了远处的物象，悄然之中稍稍安定了，谁知又次第奇怪地动起来。然而，猫的颜色逐渐沉滞，仿佛日落后电光微微一闪，但是我还是放着不管。妻也不再挂心了。孩子们自然早已忘掉了猫的事。

一天晚上，它趴在孩子的被子上，发出一阵阵呻吟，就像自己捕的鱼被抢走一样。这时发现有点异常的只有我一个。孩子睡得很香，妻专心做针线。过了一会儿，猫又哼哼唧唧起来。妻暂时停下手中的活计。我问：

“怎么啦？半夜里要是咬了孩子的头就糟了。”

“不会吧？”

妻说着，又缝好了一只内衣袖子。猫不时呻吟几声。

翌日，猫蹲在火炉框上哼哼了一整天。无论去沏茶或是拿开水瓶，心里总不是滋味。可是到了夜里，我和妻全然忘记了猫的事。其实，当天晚上，猫就死了。早晨，女佣到后院的仓房取柴草，猫已经僵直，倒在破旧的灶台上了。

妻特地去看了猫死后的样子。她一反过去的冷淡，立即吵嚷起来。她托付熟悉的车夫买来四方形的墓标，叫我在上头写点儿什么。我在墓标正面写了“猫之墓”三个字，背面缀了一首俳句：

此去九泉下，有无闪电夜？

车夫说：

“就这样埋了吗？”

女佣打趣道：

“难道还要火葬吗？”

孩子也立即舍不掉猫了，墓标左右放了两只玻璃瓶子，插满了胡枝子花。碗里盛着水，供在墓前。花和水每日更换一次。第三天晚上，四岁的女孩儿——我是从书斋看到的——一个人走到墓前，对着那白木棒瞅了好一会儿，然后把手里拿的玩具小木勺拆下来，从给猫上供的水碗里舀水喝。不止一次了。飘落胡枝子花瓣的水，好几次润泽了爱子[1]的小小喉咙。

每逢猫的忌日，妻总是切一片鲑鱼，撒一些松鱼皮放在米饭碗里，供在猫的墓前，至今不忘。只是最近不再捧到院子里去，大多供在茶之间的碗橱上了。

〔1〕作者四女，生于1905年12月。

暖　梦

风撞在高大的建筑上，无法自由地通过，立即如闪电般转弯，从电光上头斜斜地向铺路石上刮过来。我一边走，一边用右手按住头上的礼帽。前面有一个等待客人的马车夫。我看到他从车座上正向这边瞧。我手不离开礼帽，没等我调整好姿势，他就忙不迭对我竖起了食指。意思是：

“坐不坐马车？”

我没有坐他的车。于是，那车夫右手握紧拳头，用力击打起前胸来。即便相隔五六米远，我也听到了“咚咚”的响声。伦敦的马车夫都是用这种办法温暖自己的手。我回头看看那位车夫，结实的破帽子下，露出一头厚厚的霜雪般的头发。他穿着似乎用毛毡补的黄褐色的粗毛外套，抬起右边的胳膊肘儿，同肩膀保持水平，“咚咚咚”一个劲儿击打胸脯。完全是一种机器式的运动。我又迈动了脚步。

路上的行人你追我赶，就连妇女也不甘后人。她们轻轻挽起背后的裙裾，任凭高跟鞋响亮地敲打着石板路，一点不怕折断鞋后跟儿。仔细一看，每一张面孔，都是一副紧张的表情。男的直视前方，女的目不转睛，朝着自己要去的方向，径直朝前狂奔。此时，人人紧闭着嘴，深锁着眉，高耸着鼻梁，尽量拉长着脸。双脚沿着一条直线只管向前跨去。瞧他们的态度，仿佛道路已经不堪行走，户外也不可久留，要是不尽早隐蔽于屋檐下，就会成为终生的耻辱。

我懒懒地走着，不由觉得这个城市很难居住。抬头仰望，广阔的天空不知自哪朝哪代开始被切割成块儿，左右悬崖般高耸的楼宇，露出一条细长的带子，从东方扯到西方。这条带子的颜色，早晨呈青灰色，然后次第变成茶褐色。建筑物本来就是青灰色，在和暖的阳光照射下，倦怠非常，毫不客气地拥塞于两侧。广阔的土地化作逼仄谷底的日影，高渺的阳光仿佛射不到地面，只得堆积于二楼、三楼，或三楼以上的四楼。人小如蚁，底层部分黑压压一片，在严寒中往来不绝。我也是黑黑的、缓缓蠕动的一分子。被山谷挟持而走投无路的风，打这里穿过，几乎要把黑暗的谷底猝然攫起。黑压压的一群犹如漏网的杂鱼，蓦地向四面八方扩散。动作迟钝的我，也被风吹得前仰后合，抱头逃回家中。

转了好几道回廊，爬了两三座楼梯，看到一扇安装弹簧的大门。沉重的身躯一旦稍稍靠在门扉上，就毫无声响地滑入了gallery〔1〕。下边光明耀眼，回头一看，不知何时，大门已经

〔1〕剧场里后面最高处接近天花板的大众席。

紧闭，所居之处，春光烂漫。我老半天缓不过神来，一个劲儿眨巴着眼睛。于是，我向左右张望，左右人山人海。然而，大家都鸦雀无声。看起来，脸上的筋肉也都彻底放松下来。人们虽然肩并肩挤作一团，但丝毫不以为苦，互相显得十分和谐。我举首仰望，穹庐般广大的天棚色彩绚丽，耀目生辉，鲜艳的金箔灿烂辉煌，令人感奋。我再向前看，前面都是栏杆，除了栏杆没有别的东西。有个巨大的洞穴。我走到栏杆近旁，伸着粗短的脖颈向洞穴里窥探。遥远的下边，挤满了绘画一般的小人儿。人数很多，但历历在目。这就是所谓“人海”。白、黑、黄、绿、紫、红，一切明丽的色彩，宛若大海里的波浪，簇然聚合在一起，于遥远的底层，排列成五彩的鳞片，既渺小又鲜艳，缓缓蠕动。

此时，这些蠕动的东西猝然消失了，自广大的天棚至遥远的谷底立即暗了下来。过去的数千名活物葬身于黑暗中，听不见任何人的声息。广大的黑暗，仿佛没有一个人存在，无影无形，一派死寂。正在这时，遥远的谷底正面的一部分，被切割成四方的洞，好似由黑暗里浮出来，不知不觉出现了薄明。起初，原以为是黑暗的不同的段落，然而却次第脱离了黑暗。当我意识到沐浴在柔和的光线之中的时候，我从雾一般光线的深处，看到一种不透明的颜色。那颜色是黄、紫、蓝。不一会儿，其中的黄色和紫色开始动了。我强忍两眼视神经的疲劳，一眨不眨地凝视着那运动的东西。眼底的雾霭蓦地晴明了。远方，和煦的阳光照耀着海面，身穿黄上衣的美男和身穿紫衣、长袖拖曳的美女，坐在青草地上，清晰可睹。当那女子坐在橄榄树下大理石长椅上的时候，那男子站在长椅旁，从上面俯视着女子。其时，随着拂拂吹来的温暖的南风，一种祥和的乐音，纤细而悠长，掠过遥远的波面荡漾而来。

洞穴上下，骤然沸腾了。他们并没有消失在黑暗之中，他们在黑暗里做着温暖的希腊之梦。

印　象

出了大门，广阔的道路笔直地从宅子前头穿过。我试着站在路中央环顾四周，映入眼帘的房舍一律四层建筑，又一律同一种颜色。邻居和对过都是相似的结构，很难区分开来。刚才出来的是哪一家呢？走出五六米再回来，就弄不清楚了。好奇怪的城镇啊！

昨夜睡在火车的轰鸣声里。过了十点钟，又在马蹄声和铃声的陪伴下，梦一般驰骋于黑暗之中。那时，千百个美丽的灯影，点点灼灼，往来于眼眸之间。此外，什么也看不到。所能见的，现在刚刚开始。

我两三次站在这座奇怪的城镇上，仰望和俯视之后，接着向左走了一百米光景，来到十字路口。可要好好记住，向右拐，这回来到比刚才更加宽阔的道路上。几辆马车从路上驶过来，每辆马车车顶上坐着人。那马车的颜色有红的，有黄的，也有绿的，还有茶褐色和深蓝色的，不间断地越过我的身旁，向前驶去。透过远方遥望，那五彩的颜色真不知要延续到哪里啊！回首远眺，犹如彩云飘动。他们从哪里载上人，又要驶向哪里？我正想停住脚步细细思考，身后走来一位高个子，好像猛扑过来似的，推拥着我的肩膀。我正要躲避他，右边也有一位高个子。左边也有。后边推拥我肩膀的人，他的身后也被别人推拥着肩膀。于是，大家都一声不响。顺其自然地向前移动。

我这时才明白，自己沉溺于人海里了。这海弄不清有多广大，但却是无比静谧的海。不过，一切都无能为力了。向右转，有人挡道，向左看，拥塞难行。向后看，人头攒动。于是，只好静静地向前蠕动。只有一条命可以支配自己，千万颗黑色的头颅，不约而同地迈着一样大小的步子向前行进。

我一边走，一边想着刚才走出来的那座宅子。一律四层楼房、一样颜色的奇怪的城镇，一切都变得遥远了。回去要在哪里拐弯儿，应该经过哪里，几乎全然不记得了。纵然归去，也摸不到自己的家了。那个家昨晚还黑魆魆伫立于暗夜之中呢。

我心里不安地思虑着，拥挤在一群高个子的人流之中，身不由己地转过两三条大街。每拐一次弯儿，心里就觉得同昨晚黑魆魆的房子是反方向，只能越走越远了。身在令人眼睛疲劳的人海中，有一种说不出的孤独感。这时，缓缓下坡了。这里似乎是五六条大街交会的广场。一直在一条街上涌动的波浪，从四面八方聚集在一起，静静地回旋着。

高坡下边有巨大的石狮子，浑身灰色。尾巴细小，但头部深藏在团团蜷曲的鬣毛里，看上去有大酒桶那么粗。它们前腿并在一起，躺卧在波涛涌动的海洋里。石狮子有两只，下边铺着石板。两只狮子中间竖立着粗大的铜柱子。我静静伫立于人海里，抬眼仰望柱子的梢顶。柱子笔直地高高耸立，一眼望不到尖儿。上面是广袤的苍穹，无边无际。柱子顶端不知还有什么。我又被人流簇拥着离开广场，顺着右侧的道路一直向下走去。不一会儿，蓦然回首，竹竿般的细细的柱子上，站着一个小小的人影儿〔1〕。

〔1〕指霍雷肖·纳尔逊（1758—1805）铜像。英国提督。1793年起，同法军转战各地，失去右眼右臂。1798年，于尼罗河口击沉法国舰队；1805年，击沉法国·西班牙联合舰队，自己也战死疆场。

人

御作婆子一早起来就一直嚷嚷：

“理发师傅怎么还没来？理发师傅怎么还没来？”

昨晚，确实约定好的，对方说：

“没有别的活计，手头空着，务必赶在九点以前到。”

御作婆子听了回话，这才放心地睡下了。瞅了瞅挂钟，九点差五分。怎么还不来呢？她感到焦躁不安。女佣不忍看下去，说要出去望望风。御作婆子哈着腰，站在门口的镜台边照了照，然后张开嘴唇，全部露出上下整齐而洁白的牙齿。这时，挂钟“当当”敲响了九下。御作婆子立即直起腰，拉开中间的隔扇，叫道：

“你怎么啦？都过了九点了，再不起来就晚啦。”

御作婆子的丈夫听到九点，已经坐在床上了。他一看到御作的脸，一边应着，一边轻松地站起身来。

御作婆子迅速退回厨房，将牙签、牙膏和肥皂裹在手巾里：

“呶，快去洗澡吧。”她随手交给了丈夫，“回来时要刮刮胡子。”

丈夫浴衣外面套着一件棉袍，走到换鞋的地方。“哎，等一等。”妻子又跑进了里屋。这当儿，丈夫用牙签剔了牙。御作婆子从壁橱抽屉里取出小小的熨斗布袋，装进些硬币拿出来。丈夫是个沉默寡言的人，他默默接过布袋，跨出障子门。御作婆子对着丈夫肩头耷拉下来的手巾，瞧了好一阵子。不久，她又折回里屋，坐在镜台前边，再次照了照自己的样子。然后将壁橱的抽斗拉出半截来，歪着头想了想。不一会儿，她从中拿出两三件东西，放在榻榻米上思忖着。她把好不容易找出的东西留下一件来，其余又仔细地收藏起来。接着，她又打开第二个抽斗，照旧思忖着。御作婆子想了想，拉出抽斗，接着又关上。就这样，反反复复费了半个多小时。其间，她一直不安地望望挂钟。她把衣服备齐，包在一块金黄色的大包袱皮里，放在客厅的一隅。正在这时，理发师傅大声叫着从后门进来了。

“迟到啦，真是对不起。”理发师傅上气不接下气地嚷嚷着。

“百忙中实在麻烦您了。”御作婆子说着，拿出长烟袋给她点上火。

因为梳头的没来，头发理起来颇费功夫。丈夫洗了澡，刮了胡子，不多久回家了。这期间，御作婆子告诉理发师傅，今天约了阿美姑娘，要请丈夫带自己到有乐町会面。

“哎呀呀，我也想陪着一道去呢。”理发师傅玩笑里带着讨好。

“请慢点儿走。”御作婆子打发她回去了。

丈夫打开金黄色包袱看了看：

“就穿这些去吗？还是上回穿的那套更适合你。”

“可上回是天黑才到阿美姑娘家的呀。”御作婆子回答。

“是吗？那就穿这一套吧。”丈夫接着又说，“我穿着那件棉袍去吧，好像天很冷啊。”

“算了吧，不好看，就穿一件够啦。”御作婆子到底没有拿出那件印花棉袍。

不久，化好了妆，御作婆子身上裹着大花绉绸披风，围着毛皮围巾，同丈夫一起出了家门。她一边走一边同丈夫说上几句话。走到十字路口，派出所门口挤满了人。御作婆子一把抓住丈夫扎着腰带的棉袍，踮起脚尖儿，朝人群里窥望。

正中央是一个身穿印有家徽的工作服的汉子。他横竖看上去都像个二流子。这汉子刚才好几次倒在泥地上，褪色的工作服湿漉漉闪着寒光。警察问他：

“你是什么？”

他咂了下转动不灵光的舌头，傲慢地回答：

“我，我是人。”

听到这里，大伙儿一阵哄笑。御作婆子望望丈夫的脸也笑了。这下子，那醉汉不答应了，瞪着可怕的眼睛，环视着周围：

“有，有什么可笑的？我就是人嘛！哪里可笑啊？你们都这么看着我呀？”

说罢，他立即耷拉下脑袋。接着，又突然想起了什么似的，大声叫道：

“我是人！”

这时候，又一个穿着印有家徽工作服的高个儿黑脸的汉子，拉着货车，不知打什么地方走过来了。他冲开人流对着警察低声说着什么，然后转向醉汉：

“来，带你小子回家，快上车！”

那醉汉转怒为笑。

“谢谢。”

他说着，“咕咚”一声仰面躺倒在货车上。醉汉望着晴朗的天空，两三次眨巴着疲惫的眼睛，嘴里骂着：

“奶奶的，都这么看着我，不是人！”

“哦，是人，是人，快放老实些！”

高个儿汉子把那醉汉用稻草绳死死捆在货车上，就像拉到屠宰场的猪一样，“嘎啦嘎啦”地走在大街上。御作婆子依旧抓住扎着腰带的棉袍，透过过年的稻草绳装饰，目送着渐去渐远的货车的影子。他们很高兴，因为到阿美姑娘那里，又增添一个话题。

山　鸡

五六个人围着火钵闲聊。突然走进个人来，没听说过名字，也从未谋面，是个全然不相识的男子。他没有带介绍信，通过传达，要求见面。他被请到客厅，来到众人面前，手里拎着一只山鸡。初次见面，寒暄之后，他把那山鸡放到座席中央。

“这是从家乡寄来的。”

说着，当场作为见面礼相送。

那天天气寒冷，立即煮了一锅山鸡汤给大家吃。收拾这只山鸡的时候，青年穿着裙裤，来到厨房，亲自拔毛、剁肉、敲碎骨头。青年小个头儿，瘦长面孔，白皙的额头下边，闪耀着一副高度的近视眼镜。但是，他身上最显眼的地方既不是近视眼镜，也不是薄黑的口髭，而是穿的裙裤。这件裙裤是小仓地方织造、布满大花纹的漂亮的衣着，一般学生中颇为罕见。他把双手放在裙裤上说：

“我是南方人。”

过了一星期，青年又来了。这回，他带来自己写作的稿子。我不客气地指出，写得不太好，再修改一下看看。他回去了，一周后又揣着原稿来了。就这样，他每来一次，他总要留下些稿子，每次都不例外。其中包括三部曲的长篇小说，但这部书稿写得最差。有一两次，我从他完成的稿子里挑了些我认为最好的，联系杂志给予发表。不过，那都是出于编辑的盛情，仅仅求得发表出来，至于稿费一文也没有。我听到他说生活困难就在这个时候。他告诉我说，他今后打算卖文糊口。

一次，他拿来一件奇怪的东西。将菊花瓣儿晒干，薄亮如紫菜，一片片压得很结实。当时在场的一位朋友说，这叫素沙丁鱼干，立即浸泡在热水里，当作下酒菜吃了。后来，他又送来一枝铃兰纸花，说是妹妹扎的。他用指头拨动花枝中心的铁丝，花朵咕噜噜旋转起来。这时候，我才得知他和妹妹住在一起。兄妹租借了木柴店楼上一间房子，妹妹每天都去学习绣花。

下次又来时，报纸里裹着缀在灰蓝色结子上的绣着白蝴蝶的领饰。

“要是肯戴这个，就奉送吧。”他说罢，放下纸包走了。

安野见了说“给我吧”，于是被他拿走了。

此外，他常来常往。每次来都谈论他家乡的景色、习惯和传说，以及古色古香的祭祀礼仪什么的。他说，父亲是汉学家，善于篆刻。祖母曾经在大户人家做过事，因为生在猴年，那家老爷经常送她一些与猴子有关的东西。其中有一幅华山[1]的长臂猿绘画。他说下次带来，可自那之后，青年不见了踪影。

春去夏来，不知不觉将他忘记了。有一天，我只穿一件单衣，坐在远离阳光的客厅中央看书，天气热得难以忍受。这一天，他突然来了。

依旧穿着那件高级裙裤。他用手巾仔细揩拭苍白的前额渗出的汗水。看来有些瘦了。他说：

“实在不好意思，想借二十元钱。”他解释说，“朋友得了急病，及时送他住院。因为没有钱，各方奔走，还是没有弄到。实在不得已，才来府上告贷。”

我停止看书，一直注视着青年的脸。他依然将两手放在膝头，规规矩矩地坐着，低声请求着。我问他：

“你朋友家里很贫穷吗？”

“不，不是。只因离家太远，来不及了。所以才来这里告急。估计两周后家里就会寄钱来，届时尽快偿还。”

我答应帮忙筹措。当时，他从包裹里取出一幅挂轴：

“这就是上回提到的华山的绘画。”

说着，他将这幅纸裱的画在半裁纸上的挂轴打开来给我看。我一时看不出好坏来。对照印谱一查，落款既不像渡边华

〔1〕渡边华山（1793–1841），文人画家。名定静，通称登，别号全乐堂。师从佐藤一斋学习儒学，亦通晓兰学。于谷文晁门下学习绘画，吸收西洋技法，自成一体。代表作有《鹰见泉石像》《千山万水图》等。

山，也不像横山华山[1]。青年说暂时放在这里，我说用不着这样。他不听，我只好留下了。第二天，他又来取钱，从此就音信杳然。约好了两周再来，但根本看不到他的影子。我想，自己也许上当了。那幅猴子挂轴一直悬在墙壁上，不知不觉进入秋季。

到了穿夹衣还稍嫌寒凉的时节，长冢照例前来借钱。我对他一次次告贷颇为反感，不由想起那位青年的事来。我跟长冢说：

“有这样一笔钱，你要是能要回来，就借给你。”

长冢搔搔头皮，稍稍迟疑了一下。过了一会儿，好像下了决心。

“我去试试看。”他回答。

于是，我给那位青年写了封信，叫他把那笔钱交给来访的人。我把信连同那幅猴子挂轴，一并交给长冢带去。

第二天，长冢又坐车来了。他一坐下，就忙不迭掏出怀里的信。我接过来一看，还是我昨天写的，原封未动。我问他是否去了，长冢的额头上皱成八字儿，他说：

“去过了，根本行不通。青年家里又穷又脏。妻子绣花，他本人生病。所以钱的事儿，根本张不开口。只得安慰他一番，要他不用挂在心上。然后，把挂轴还给了他。”

“呵呵，原来如此。”我有些吃惊。

[1] 横山华山（1784—1837），名一章，字舜朗。京都画家。

翌日，青年寄来一张明信片。信上说，自己不该撒谎，很抱歉，挂轴收到了，请放心。我把他的明信片连同其他信件叠在一起，收进了杂物箱。青年的事也一概忘却了。

冬天来了。照例度过了繁忙的新年。瞅准没有来客的空隙，正在写作的时候，女佣送进来一个油纸小包。寄件人是那位久已忘掉的青年。打开外层的油纸，揭去报纸，里边露出一只山鸡。还附了一封信。信上说，其后忙于各种事情，刚刚回了一趟老家。承蒙借的那笔钱，三月里进京时一定偿还。报纸粘连着山鸡的血，不容易揭开来。

那天是星期四，晚上来了好多青年。我和五六个客人，围坐在大餐桌边品味山鸡羹，祝愿那位身穿小仓织锦的裙裤、面色苍白的青年获得成功。这五六位客人走了之后，我给那位青年写了感谢信，信中特别提了一句：

“去年借的那笔钱，你不必太介意。”

蒙娜丽莎

井深一到礼拜天，就围上围巾袖着两手，到那些废旧物品店游逛。其中，他专挑那种堆满脏兮兮的前代古物的商店，一件件摸来摸去，把玩不止。他本来不是雅人，根本分不出个好坏，但他却兴致勃勃地买了许多既便宜又自以为有趣的古董。他暗自捉摸着，买回的这些东西中，说不定一年能淘上一件珍品哩！

一个月前，井深花十五文钱买了一只铁壶盖子当文镇。上个礼拜天，又花了二十五文钱买了一把铁刀，也当作文镇使用。今日瞄准稍微大些的东西，想买一件挂轴或匾额之类引人注目的装饰品，悬挂在书斋里。他转悠半天，发现一幅套色的西洋女子肖像画，落满尘埃，横靠在墙角里。一架磨平沟槽的辘轳上，摆着一只莫名其妙的花瓶，其中插着一支黄色的尺八箫，箫的吹孔抵在那幅绘画上。

西洋绘画看来不太适合于这家古董店的口味儿，然而，画面的色彩，尤其超越了现代，黑幽幽沉埋于古昔的空气之中。

论情调，放在这家古董店里也是很自然的。在井深看来，价格一定很便宜。一问，要价一元。他沉吟了一下，看到玻璃没有破碎，画框也很结实，经和店老板商量，降价到八十文，终于买下来了。

井深抱着这幅半身画像，回到家中，已是寒冷的傍晚。他走进晦暗的屋子，立即将画像打开靠在墙根边上，坐在画像前观赏。妻子端着油灯来了，井深要她把油灯拿到画像旁边来，又对着这幅八十文钱买来的古董仔细看了一遍。整体看来，沉滞而暗灰的色调中，唯有面部显出微黄。这是时代的留影。井深坐着，回头看着妻子问道：

“怎么样？”

妻子端着油灯的手朝前挨了挨，好半天不说话，只是盯着女子的黄脸瞧。过一会儿，她说：

“挺怕人的哩。”

井深只是笑笑，回了她一句：

“八十文钱呢。”

吃罢饭，蹴着高台在房栏之间钉上钉子，将买来的画框悬在头顶上。此时，妻子不住地阻止他，说：

“这位女子看不出是在干什么，瞧着她心里不是滋味儿。我看还是不挂的好。”

井深不同意：

“什么呀，你这是神经过敏。”

妻子回厨房去了。井深坐在书桌前开始工作。十分钟后，他不由抬起头想看看画像。他停下手中的笔，转过眼去。画框中的黄脸女子正在微笑。井深只管凝视着她的嘴角。这完全是画家借助光线的手法。薄薄的嘴唇两端微微翘起，于上挑之处显露出浅浅的酒窝。看上去，紧闭的樱唇就要开启；或者，张开的双唇又故意地闭合起来。这是为什么呢？井深觉得很奇怪。他又伏案工作了。

虽说是工作，但大多是抄抄写写，不需要太集中注意力。过了一会儿，他又抬头看看画像，依然觉得那嘴角大有文章。不过，那神情非常静穆。修长的单眼皮包裹着安详的眸子，投向客厅的地面。井深又一次将视线转回桌面。

那天晚上，井深对着这幅画不知瞧了多少遍。他逐渐感到，妻子对这幅画的评价是对的。但是到了第二天，他又带着不以为然的表情去机关上班了。下午四点光景回家一看，昨晚的画像仰面躺在桌子上了。听妻子说，午后不久，突然从房栏间掉了下来。怪不得，玻璃也碎得不成样子了。井深翻过来看看画像背面，昨晚系着绳子的小环儿，不知为何脱落了。井深顺便拆开画框看看反面，发现画片和衬底中间，夹着叠成四折的洋纸。打开一看，上面写着一段阴森而奇妙的文字：

> 蒙娜丽莎的嘴唇，藏着女人的谜。自古以来，只有达·芬奇能画出这种谜，但没有一人能解开这个谜。

第二天，井深到机关去，问大家什么是蒙娜丽莎，可是谁也回答不上来。他又问达·芬奇是谁，依然没有一个人知道。井深听从了妻子的规劝，遂将这个不吉利的画像，五文钱卖给了收破烂的。

火　灾

跑得喘不过气来，停住脚抬头仰望天空，火舌正从头上飘过。霜天晴空，无数火舌飞来，猝然消失于深邃的暗夜。接着，下一团鲜丽的火舌随风卷来，熊熊燃烧，又忽然消失了。遥望火舌飞来的方位，仿佛集合了巨大的喷水，根部结为一体，无间隙地染红了寒冷的夜空。前方五六米远有一座大寺庙。长长的石阶中央有一棵大枞树，夜里静静地伸展着枝条，高高耸立于土堤之上。火灾现场就在那棵大树后面。除去黝黑的树干和纹丝不动的树枝，其余一派火红。火源无疑就在这道高坡顶上。向前走一百多米，再向左登上高坡，就能到达火灾现场。

我又急急迈开脚步。后来的人都赶到前头去了。其中，有人大声嚷嚷着擦肩而过。暗夜的道路，每人都自动绷紧了神经。走到坡下，眼见着就要登高了，心里不由怦怦直跳。人头布满陡峭的高坡，从上到下黑压压一片。火焰毫不留情地在坡顶飞旋。要是夹在人流里，一旦被推拥到坡顶，来不及回头，就有被烧焦的可能。

再向前走五十米光景，同样向左转，又是一个大高坡。我想从这里上去，也许既轻松又安全，于是便躲开磕头碰脑的人群，好容易拐进一角。只听一阵急剧的马铃声，运来了蒸汽水泵。仿佛“不让路全都轧死”似的，全速地向人群奔来。马蹄嗒嗒，极力使马鼻子直对高坡。马将吐着气泡的嘴在脖子上蹭一蹭，两耳尖尖向前倾斜，使劲并拢前腿，奔驰前行。此时，青骢马的身子，掠过穿便服汉子手里的灯笼，闪着天鹅绒般的光亮。涂着红漆的巨大的车轮，差一点儿打我的脚上碾过。定睛一看，水泵早已笔直地奔向高坡。

走到坡面中途，可以看到前方的火焰就在斜对面。必须从坡上再度转向左方。那里发现一条横街，细长如小巷。一旦挤进人流，周围一派黑暗，水泄不通，只有互相高声吆喝。火焰在前明亮地燃烧。

十分钟后，终于穿出了小巷。道路狭窄，早已挤满了人。一旦走出小巷，跨出一步，眼前就是跑着运上来的气泵。马拉气泵到达这里，卡在四五米前的拐角里，无可奈何地观望着火焰。那火焰就在马鼻子前头燃烧。

拥挤在旁边的人群，异口同声地问道：

“哪里？哪里？”

听到的人回答：

“那里！那里！”

但是，这两群人都无法到达火焰升起的地方。火借风势，熊熊燃烧，高高舔舐着静静的夜空……

翌日午后散步的时候，我怀着好奇心想去看看火场是个什么样子，登上那面高坡，穿过昨夜的小巷，经过停放气泵的宅地，拐过四五米前的角落，一边走一边看，只见笼罩一派冬景的房屋鳞次栉比，静静而立，然而，却到处找不到失火的痕迹。估计是起火的地方，也只能见到绵延不断的青翠的杉树篱笆，其中有一家，传出了低微的琴声。

雾

昨夜里，在枕上听到了毕毕剥剥的响声。原来附近有一座大车站，名叫库拉巴姆，这座车站每天集中着一千多辆火车，细心观察一下，平均每分钟都有一列火车通过。遇上大雾天，似乎有个规定，列车在接近车站时响起爆竹般的声音，以此打着招呼。因为在这阴暗的天气里，红绿信号灯完全失去了效用。

爬下床，卷起北窗的遮阳伞向外俯视，外头一片白茫茫。从下边的草地到两米多高的三面包围着的砖墙，什么也看不见了。只觉天地间一团空蒙，一切都堵塞了，四边寂悄无声。隔壁的庭院也是一样。庭院里有个草坪，一到和暖的早春时节，总有一位白髯的老爷爷出来晒太阳。这位老爷爷的右手时时擎着一只鹦鹉。他的脸紧紧贴着鹦鹉，仿佛那鸟嘴一下子就能叼到他的眼珠。鹦鹉扑棱着羽翅，不住地鸣叫着。逢到老爷爷不出现的时候，就有一个姑娘，曳着长裙，驾着割草机，不停地在草坪上打转转。这座极富记忆的庭院，如今全都埋在雾里，同我宿舍下面荒废了的草坪连成一片，分不出界线来了。

隔着大街，对面高耸着哥特式教堂的尖塔，青灰色直刺天空的塔顶，总是响着钟声。星期天尤甚。今天，不用说那尖尖的塔顶了，就连那用不规律的石板敷成的塔身，也全然不知所在。只能凭着推断，想象那里有座黑色的建筑。钟声不响了，看不见形体的大钟，深深地锁在浓重的黑影里。

走出家门，四米之外就看不见路径了。走完这四米，前头又出现四米的空间。仿佛这世界都缩小在这四米见方的空间里，一边走，一边不断出现新的这样大小的空间。与此同时，过去的世界都一起抛在身后，消失了。

在这方形的空间里等着公共汽车。突然，青灰的空气划开来，眼前蓦地出现一个马头。可是坐在马车上层的人，依然没有钻出浓雾。我冒着雾气跳上马车，向下一看，马头又模糊地看不清晰了。马车在交会的时候、也只有在交会的时候，才能发现它的漂亮。此后，一切有颜色的东西，都消失在浑浊的空中，包裹在漠漠的无色的世界里了。走过艾斯特米斯托桥的时候，有一两次，白色的东西翻动着打眼前掠过。凝眸一看，不远的前方，浓雾封锁的大气里，海鸥像梦一般隐隐飞翔。这时，尖塔顶端的大笨钟庄严地响了十下，抬头仰望，空中只回荡着钟声。

在维多利亚街办完事，经过泰特画馆[1]，沿河岸来到波

[1] 实业家亨利·泰特爵士（1819—1899）所寄赠画品而建立的“英国国家艺术画廊”的通称。

特希，灰色的世界突然黯淡下来。又黑又浓的雾气，像熔化的泥炭，浓浓地向身边流来，扑向眼睛、嘴巴和鼻子。外套湿漉漉的，沉重地压在身上。呼吸着淡薄的葛粉汤味，感到喘不过气来。脚下如同踩在地窖里。

我在这种沉闷的灰褐色里，茫然伫立了好一会儿。从我身边走过的人大都是同一番心情。然而，只要不是交肩而过，就很可怀疑是否旁边有人在走动。此时，溟蒙的大海中，一个豆大的黄点模糊地流动着。我以此为目标，向前走了四步。于是，一座商店的玻璃窗就在眼前。店中点着气灯，显得较为明亮。人们照常活动。我这才放下心来。

过了波特希，摸索着一路向岗上走去，岗上尽是商家。几条相同的横街并行着，即使在蓝天之下也不易辨认。我觉得仿佛正向左边第二条拐过去。从那里又径直向前走了约莫二百多米，前边再也看不清楚了。我独自站在黑暗之中沉思。脚步声从右边渐渐传来，突然在前边十多米处停住了。然后又渐渐远去，最后一点也听不到了。一切都归于寂静。我一个人站在黑暗之中思索起来。我将如何回到宿舍去呢？

挂　轴

大刀老人想赶在亡妻三周年忌日前，下决心建立一座墓碑。但是，他全靠儿子一双枯瘦的臂膀，才好不容易苦撑到今天。除此之外，他再也存不下一文钱了。眼下又是春天，他哭丧着脸求儿子，提醒他忌辰是三月八日。儿子只回了一句：

“哦，是吗？”

大刀老人不得已，打算将祖传一幅珍贵的挂轴卖掉，他和儿子商量是否可行。儿子勉强同意了，似乎很不情愿的样子。儿子供职于内务省社寺局，每月领四十元工资。他要养活妻子和两个孩子，还要为大刀老人尽孝，日子过得很苦。要是没有老人在，这幅珍贵的挂轴，早就派上别的用场了。

这幅挂轴是一尺见方的绢本画。因为年久，变成了紫褐色。悬在晦暗的客厅里，黑乎乎的，看不出画的是什么。老人说，这是王若水[1]画的蒲葵。他每个月一两次打开柜子，取出桐木箱，拂去灰尘，小心翼翼从里头拿出来，悬在三尺高的墙壁上，注目观看一番。看着看着，发现那紫褐色里，分布着陈旧血迹般的巨大花纹，还有几处稍稍残留着瘢瑕，似乎是青绿色剥脱的痕迹。老人面对这幅模糊的唐画古董，似乎忘记了这个活得过久、住得过长的世界。有时候，他一边盯着这幅挂轴；一边抽烟、喝茶。或者，只是呆呆地凝视。

"爷爷，这是什么？"

孙子跑来要用手摸，老人这才回过神儿来，他一边说道：

"摸不得。"

一边静静站起身，着手将挂轴卷起来。于是，孙子们来问：

"爷爷，子弹糖呢？"

"哎，子弹糖这就去买，可不要调皮啊！"

他慢慢卷着画轴，装在桐木箱内，藏进柜子里。然后到外面散步。回来的路上，经过街上的糖果店，买上两袋薄荷子弹糖，分给孩子们。儿子晚婚，两个孙子一个六岁，一个四岁。

同儿子商量的第二天，老人用包袱皮儿包着桐木箱，一大早就出了家门。下午四点，又提着桐木箱回来了。孙子迎到大门口：

"爷爷，子弹糖呢？"

[1] 王渊，号澹轩，字若水。生卒年不详。元代画家，钱塘人。师事赵子昂，长于描绘花鸟竹石。

老人什么也没说，走进客厅，从箱子里取出挂轴，悬在墙上，呆呆地注视着。他转了四五家古董店，有的说没有落款，有的说画面掉色，竟无一人像老人所期待的那样，毕恭毕敬，肯为这幅挂轴掏腰包。

漱石画《烟波飘渺》

儿子劝他不要再去古董店了，老人也说不去了。两周之后，老人又抱着桐木箱出门了。原来经儿子介绍，要把这幅挂轴送到儿子科长家里看一看。这次也没有买子弹糖回来。儿子一回家，老人就冲着他说：

“那位没有眼光的人，我怎么能向他让步呢？他所有的全是假货。”

老人也像是责骂儿子的不德不义。儿子只是苦笑。

二月上旬，偶然遇到了懂行的人，老人把这幅画卖给了一位收藏家。老人径直走到谷中，为亡妻定做了一块极好的石碑，其余的存进了邮局。五天之后，他照常去外散步，而且比寻常晚两小时回家。当时，他两手抱着两大袋子弹糖。他记挂着已经卖掉的挂轴，又跑到买主家观望一遍。只见那幅挂轴悬在“四叠半”茶室里，前面供着玲珑剔透的腊梅花。老人在那里受到款待，喝了香茶。

“我比自己保存更放心。”

老人对儿子说。

“也许是吧。”

儿子回答道。

孙子们三天里净吃子弹糖。

纪元节〔1〕

朝南的教室。背着光亮一面的三十多个儿童，齐刷刷露出一排排黑色的脑袋，凝视着黑板。老师从走廊上进来了。这位老师个子小，眼睛大，身子清瘦。从下巴到两颊长满脏兮兮的胡子。那扎扎拉拉的下巴颏儿，不住蹭着衣领，看上去形成一圈儿薄黑的油垢。这件衣服，这一脸任其生长的邋遢的胡子，还有一副从不发牢骚的脾气，正因为这些，老师时常遭到大伙儿的愚弄。

不久，老师拿起粉笔，在黑板上写了“记元节”三个大字。孩子们都低下乌黑的脑袋，伏在课桌上写起作文来。老师挺着矮小的脊背环视着大家。不一会儿，他走出教室，到走廊

〔1〕明治五年（1872），将远古时代神武天皇即位（公元前660年2月11日）的日子，定为纪元节。二战中废止，1966年恢复，改称“建国纪念日”。

上去了。

这时，坐在后排中央第三张课桌的一个孩子，离开座位走到老师的讲台边，拾起老师用过的粉笔，在黑板上写着的“记元节”的“记”字旁边，画了一道杠，又在一侧写了一个粗大的“纪”字。其余的孩子都没有笑，只是惊讶地瞧着。刚才那个小孩子回到座位之后，过了一会儿，老师也回来了。于是，他朝黑板看去。

“是谁将‘记’字改成‘纪’字了，也可以写作‘记’的。”

老师说罢，又向全班环顾了一遍。大家沉默不语。

将“记”改成“纪”的是我。即使是明治四十二年的今天，提起这事我依然觉得可耻。我曾想过，如果不是老气横秋的福田老师，而是人人害怕的校长先生就好了。

往　昔

皮特洛赫里谷[1]晚秋的景色最美好。十月的太阳，将满眼的山野和树林照得暖洋洋的，人们起卧于其中。十月的太阳把山谷静谧的空气包蕴在半空中，没有直接落到地面上来。虽说如此，也没有逃向山那面去。无风的村子上头，萦绕着迷离的烟霞，一派宁静，纹丝不动。这当儿，山野和树林的颜色次第改变。正如酸的不知不觉变成甜的一样，整个山谷进入全盛时代。皮特罗赫里山谷，此时回到了一百年前的往昔、二百年前的往昔，变得老成持重了。人们都以一副谙于俗世的面孔，一齐遥望度过山脊的云彩。那云彩有时变成白色，有时变成灰色。并且不时地使人透过薄薄的底层看到山地。不论何时，看上去总觉得是往昔的云朵。

〔1〕位于苏格兰中部的佩思，泰河上游，靠近塔姆尔和加里两河交汇处，是夏季垂钓和行乐的胜地。

我的家位于小丘顶上，很适合眺望这些云彩和这座山谷。阳光照射着南面的墙壁。经年累月，在十月的太阳照射下，各处干枯地呈现一派灰色。一株玫瑰从西端爬出来，夹在冰冷的墙壁和温暖的阳光之间，开出了几朵花。淡黄色的硕大的花瓣层层相叠，从花萼反转似的张开小口，到处都显得静悄悄的。香气被薄弱的阳光吸收了，消散于四米以内的空气。我站在四米远的范围内向上张望，玫瑰朝高处生长。灰色的墙壁高高耸峙，一直伸延向玫瑰花的蔓子所无法到达的空间。屋顶的最高点还有一座塔。太阳从塔上面雾霭的深处照射下来。

脚下面，山丘向皮特罗赫里山谷倾斜，眼睛所能看到的遥远的下方，宽阔而富于色彩。对面的登山路上，各处笼罩着一段段桦树的黄叶，密密层层，露出几处或浓或淡的坡道。山谷中映射出明丽而寂静的色调。正中央横曳着一条黑筋，蜿蜒蠕动。含着泥炭的溪水，犹如溶进了黑粉，呈现着古老的颜色。来到这座深山坳里，我第一次看见这种溪流。

其后，房东来了。房东的胡须经十月的阳光照耀，有七分变白了。衣着也非比寻常。腰间穿着kilt[1]。这是一种车夫护膝般的粗呢子衣物，以此当作无裆裤，裁制到膝头，打着竖褶，小腿套在粗毛线袜里。走起路来，kilt的襞褶摇来摇去，在膝头与大腿之间时隐时现。这种古式的裙裤，不以显露肌肉为丑。

〔1〕苏格兰高原男子穿的带襞褶的短裙。

房东胸前吊着小木鱼般的皮革烟荷包。夜里，他把椅子放在壁炉近旁，一边望着毕剥有声的染红的煤炭，一边从“木鱼”里掏出烟斗和烟叶。就这样，一口一口吸着，度过长夜。“木鱼”的名字叫作“苏坡兰”。

我和房东一起走下山崖，进入昏暗的小路。一种名叫苏格兰杉的常绿树的叶子，像海带丝一般深入云端，拂也拂不掉。一只松鼠摇晃着又长又粗的尾巴，爬上黝黑的树干。定睛一看，又有一只松鼠，顺着古老厚重的苍苔打眼前倏忽穿过。苍苔膨胀着，没有动，松鼠的尾巴像拂子一般迅疾扫过，钻进黑暗之中。

房东转过头，用手指着皮特罗赫里明丽的山谷。黑色的河流依然从正中央流过，他说，沿河岸上行五六公里，是克利库兰克峡谷。

高地人和低地人在克利库兰克峡谷作战时，尸体夹在岩石之间，堵住了从中流过的河水。吮吸高地人和低地人血液的河流变色了，三天之间通过皮特罗赫里山谷。

我明日一早决心要去克利库兰克峡谷那座古战场凭吊一番。走出山崖，脚边掉落了两三片美丽的玫瑰花瓣儿。

声　音

丰三郎搬来这座下宿三天了。起初的一天，他趁着薄暗的黄昏拼命整理行李和书籍，忙得不可开交。然后又到街上洗了澡，一回来就睡了。第二天放学回家，坐到桌前，看了一会儿书。也许是新换了地方，一下子适应不过来。窗外不断传来锯木的声音。

丰三郎坐着未动，伸手拉开障子窗，园丁师傅就在眼前打理梧桐树枝。他毫不可惜地将一根长得很长的树枝，贴着树干刺啦刺啦锯断，向下掉落的时候，雪白的切口骤然扩大，十分惹眼。同时，远方广漠的天空似乎迅速集中到窗前，辽阔无边。丰三郎坐在书桌前，两手支着双颊，茫然地眺望着梧桐树顶高渺而晴朗的秋空。

丰三郎将眼睛从梧桐树移向天空的时候，心情一下子敞亮多了。这种美好的情绪逐渐沉静下来，于是，对故乡的怀念，犹如落下的一个墨点儿，出现于心中的一隅。那墨点儿虽然在遥远的地方，但就像放在桌面上一样清晰可睹。

山坡上有一座巨大的草房。从村里登上两百多米山路，到我家门前路就没有了。一匹马走进大门，鞍子上捆着一束菊花，马铃叮当，消隐于白壁之中。太阳高高照着屋宇。后山上葱茏茂密的松树，一齐闪耀着光亮的树干。采摘松茸的时节。丰三郎从桌子上嗅到刚刚采来的松茸的香气。接着，他听到了母亲“丰儿，丰儿”的呼喊。这声音在千里之外，听起来清清楚楚，仿佛就在眼前。——母亲五年前就死了。

丰三郎猛然一惊，转动一下眼珠儿。于是，起先看到的梧桐树梢又映入眼帘。一个劲儿疯长的树枝被锯短了，枝桠上布满黑黢黢的瘤节，积聚着无法施展的力量。丰三郎立即觉得，又被推压到桌前了。隔着梧桐，他向墙根外面望去，那里有三四座污秽的大杂院。淌出棉絮的被褥毫不掩饰地曝晒在秋天的阳光下。旁边站着一位五十多岁的婆子，仰视着梧桐树梢。一身花色消退的和服，扎着一根细布带儿，稀稀落落的头发紧紧缠在一把大梳子上，茫然地望着枝条变得细疏的梧桐树梢。婆子眯细着深陷于肿胀的眼睑里的眼睛，双目眩惑地仰望着丰三郎。丰三郎立即将自己的视线收回到桌面上来。

第三天，丰三郎到花店买菊花。他想买家乡庭院里开的那一种，可是找了很久没有找到，不得已只得将花店自己保留的索要了三株，裹上稻草带回来，养活在酒壶似的花瓶里。他从行李底下抽出帆足万里[1]画的小型挂轴，挂在了墙上。这是

〔1〕帆足万里（1778—1852），江户后期儒学家、兰学家。字鹏卿，号愚亭。著有《穷理通》《东潜夫论》和《入学新论》等。

早年回家探亲时，特意拿来装点房屋的。然后，丰三郎打坐在坐垫上，老半天瞧着挂轴和菊花。此时，窗前大杂院里又传来“丰儿，丰儿”的呼叫。那声音，论调子，论音色，都和故乡亲爱的母亲一模一样。丰三郎蓦地“哗啦”打开窗户，只见昨日那位苍白而浮肿的婆子，额头上映着即将落山的秋阳，正向一个十二三岁拖鼻涕的小男孩招手。那婆子听到“哗啦”响声的同时，翻动一下那浮肿的眼睛，从下头仰望着丰三郎。

心

二楼的栏杆上晾着浴后的手巾，向下俯瞰春光烂漫的大街，只见一位修理木屐的师傅，顶着头巾，长着一副稀疏的胡子，从墙外走过。扁担上绑着一只破鼓，用竹片儿铿铿地敲着。那声音很锐利，仿佛突然在头脑里勾起了记忆，总感到有些扫兴。老爷子走到斜对面医生的门前，“铿”地敲了一下那只破旧的春鼓，头顶上雪白的梅花丛中，突然飞出一只小鸟。木屐师傅没有在意，随后绕到青青的竹墙背面，看不见了。小鸟又一下子飞到栏杆下头石榴树的细枝上，站了好大一会儿。看样子还是有些不安，两三次抖动着身子。这时，蓦地仰头看到靠在栏杆上的我，又忽地飞走了。枝头轻烟般闪动了一下，小鸟清洁的足爪早已站到栏杆的横木上了。

这是一只未曾见过的鸟，所以也不知道名字。但它鲜丽的毛色深深打动我的心。翅膀似黄莺而又以素朴稍胜，胸脯近于暗灰色，蓬松松的，似乎一口气就能吹得飞起来。小鸟时时轻柔地起伏着胸脯，一直老老实实站立在那儿。这时我想，惊吓它就是罪过，我在栏杆上靠了好大一阵子，强忍着没敢动一动指头。看到小鸟非常沉静，我便下决心，悄悄后退了一步。同时，小鸟一下子又飞到栏杆上了，就在我的眼前。我和小鸟相隔不过一尺远。我下意识地将右手伸向美丽的小鸟。鸟儿仿佛将温柔的羽翼、华奢的足趾、荡漾着涟漪的前胸，以及它的命运，全都托付给我了。它轻轻飞到我的手心上来了。此时，我从上面凝望着它那浑圆的小脑袋。我想象着，这只小鸟……然而，这只小鸟……其后再也想不出什么来了。只是心底里潜藏着这个“其后”，总体上显得单薄而模糊了。我用一种奇怪的力量将浸染于心底的东西集中于一处，判然熟视，那形状——此时，此地，定会和自己手中的鸟儿一色一样吧。我立即将手中的鸟儿送进笼子里，一直眺望到春天的太阳向下倾斜。我想，这小鸟怀着怎样的心情望着我呢？

不一会儿，我出去散步。欣欣然无目的地随处溜达，穿过几条大街，走到闹市，道路左折右拐，陌生的人后面又出现无数个陌生人。不管走到哪里，都是一派繁华热烈、欣欣向荣的景象。自己几乎想象不到，会在哪儿同世界接触，而这个触点会使自己局促不安。我高兴地遇见了几千个陌生人，不过仅仅是高兴，这些使我高兴的人的眼神、鼻官都没有印在我的脑海里。这时，不知何处，宝铃[1]掉在檐瓦上发出声响。我惊愕地抬头向远方张望，前边十多米远的路口上，站着一位女子。

〔1〕又名宝铎，坠在堂塔四方屋檐上的装饰性风铃。

我几乎不记得她穿着什么样的衣服，绾着什么样的发髻，映在眼里的只是她的一张面孔。她的那张脸，眼睛、嘴唇，分别叙述起来很难——不，眼、口、鼻、眉和前额，都集合于一处，仅仅是一副专为我而长成的脸庞。她从一百年前就站在这儿了，这张面孔上的眼、鼻、口都一起等待着我。这一百年内，不管我走到哪里，她都永远跟我在一起。这是一张寡言少语的面孔。女子默默回头张望，追上去一看，原来的小路竟是一条小巷。路面又窄又暗，颇令优柔寡断的自己犯起踌躇。然而，女子却默默走了进去。我默然不语。“跟我来！”她朝我喊了一句。我紧缩着身子走进小巷。

黑色的短幔飘飘荡荡，显露出白色的字迹。接着，屋檐的灯笼打头顶掠过，正中央画着伞盖松，下边是树根。接下去，玻璃箱内装满了小甜饼。再下面，屋檐下吊着五六只四角形木框，里边摆着小小的印花布片儿。接着，看到了香水瓶。在这里，小巷被仓房黝黑的墙壁挡住了。女子站在二尺远的前方。此时，她蓦然回头朝我看看，然后迅速向右转弯。这当儿，我的头脑突然转化为先前小鸟的心情，跟随女子立即转向右边。只见比刚才更长的小巷逼仄而又晦暗，绵延不绝。我只管像小鸟一般，遵照女子默默思维的那样，始终跟着她，沿着这条晦暗而无限延长的小巷，一直走下去。

变　化

两人在楼上两铺席大的房间里书桌挨着书桌。深褐的榻榻米闪闪发光，二十多年后的今天，那情景依然历历在目。房间北向，面前是不足二尺高的小窗，两人肩膀抵着肩膀，缩紧身子备课。屋内一旦昏黑下来，我们便强忍寒冷敞开窗户。有时候，窗下人家的竹格子门里，依稀站着一位年轻姑娘。静谧的黄昏里，那姑娘的面影和姿态看起来格外美丽。

“真漂亮！”

我有时也会向下面俯视好大一会儿。不过，我对中村什么也不说，中村呢，也什么都不说。

女子的面颜今天已经全都忘记了。仅仅留下一个感觉：她似乎是木匠的女儿。不用说，她是住在大杂院里、生活贫苦人家的孩子。我等二人起居之处，本是这座上无片瓦的古旧大杂院的一部分。下面混合寄宿着学仆和干事等十多个人。大家都趿拉着木屐，在露天食堂用餐。每月伙食费两元，饭菜很难吃。然而，隔日供应一次牛肉汤。不过，只是有少量的油花漂起，筷子上微微缠络些肉香罢了。因而，学生们频频鸣不平，都说干事太狡猾，不肯给他们吃好东西。

中村和我是这座私塾学校的教师。两人月薪都是五元，每天上课两小时。我用英语讲授地理和几何。有一次，我在上几何课时，遇到一件麻烦事儿：本该重叠在一起的两根直线，怎么也重叠不起来了。但是，我用粗线绘制一个复杂的图形时，黑板上的两根线竟然合二而一了！当时高兴极了。

两人一早起来，就渡过两国桥，到一桥大学的预备科走读。当时，预备科每月学费二十五文钱，我们两人将工资摊在桌面上，互相掺和在一起，从其中拿出二十五文钱的学费和两元伙食费，再加上一部分入浴费，然后将余下的钱装在怀里，吃遍荞麦馆、年糕红豆汤和寿司店。等到共同财产花光了，两人再也拿不出一个子儿了。

到预备科上学途中，走过两国桥时，中村问我：

“你小子读过的西洋小说里，有没有美女出现？”

我回答说：

“嗯，有啊。”

然而，是什么小说，又是怎样的美女，如今全都不记得了。打那时起，中村再也不看小说了。

中村荣获短艇竞赛冠军的时候，学校奖励他一些钱，用这些钱买了书。一位教授在书上写了“赠某某留念”的字样。中村当时说：

“我不想要书，只要你喜欢，不管什么都可以买了送你。”

于是，他就买了安纳尔德的论文集和莎翁的《哈姆雷特》

送给我。这些书至今还在我手里。我当时第一次读哈姆雷特，一点儿也看不懂。

中村毕业后立即去了台湾，打那之后就没有见过。后来在伦敦市中心偶然相遇，这已经是七年前的事了。那时，中村还是以往那副面孔，而且很有钱。我和中村一起玩了不少地方。中村也和从前不同了，不再问我读过的西洋小说中有没有美女，反而主动谈起许多关于西洋美女的故事来了。

回日本后再也没有见过面。今年一月末，他突然派人捎口信来，说很想在一起聊聊，请务必到筑地新喜乐来一趟。他约好是中午，当时时针已经过十一点了。那天，北风呼啸不止，要是外出，帽子和人力车都可能被吹跑。况且，我当天下午有急事要处理，便叫妻子打电话去，问他明天见面是否可以。他说，明天他要准备出差什么的，很忙……说到这里电话就断了，其后等了好久再没有打来。或许是刮大风的缘故吧，妻带着几分不安的表情回来说。打那之后，再也没有见过面。

以往，中村做过“满铁”的总裁，而我是一名小说家。我对“满铁”总裁是怎么回事全然无知，中村大概也从未读过一页我的小说。

库莱格先生

库莱格先生像燕子一般筑巢于四层楼上。站在石板路一端仰头张望，连窗户都看不见。从下面一蹬一蹬登上去，两条腿发酸时，就到达先生门前了。说是门，并不是有门扇和门楼的那种，而只是在不足三尺宽的黝黑的门板上吊着铜环子罢了。在门前休息一会儿，便拽住门环子下端，在门板上撞击几下，有人从里面就把门打开了。

开门的总是一个女人，也许是近视眼，架着眼镜，一直显得很愕然。她年纪五十上下，人世上的阅历已经很深了，但依然感到很惊讶。她听到敲门便睁大眼睛，道一声“请进”，所以，每当敲门时，我总觉得对不起她。

等我一进门，女子立即消失了踪影。首先进入客厅——这哪里是什么客厅？没有任何装饰。只有两扇窗户，堆满了书籍。库莱格先生大都待在这里，他看我进来，“呀”地一声伸出手来，那意思是让我握住。虽说是握手，但对方从不反握住我的手。我对这样的握手不感兴趣，心想干脆免了为好。可对方依旧“呀”地一声伸出毛茸茸、布满疙皱、表现消极的手。这习惯真是令人不可理解。

这只手的主人是回答我的问题的先生。见面一开始我就问他要多少报酬。

“这个么，”他看着窗外，“一次就算七先令吧。要是嫌多，可以再减少些。”

于是，我就照每次七先令计算，到月末将全额报酬付给他。有时，先生会突然来催促：

“现在需要些花销，你就先付给我吧。”

我便从西装裤兜里掏出金币，裸露着送到对方眼前：

“好吧。”

先生总是道一声：

“呀，抱歉。”

照例伸出那只消极的手来，放在手心上瞧一会儿，不久再把钱装进西服裤兜里。头疼的是，先生每次都不把零钱找给我。剩余的转到下月，谁知到了下一周，他又来促款，说要买点书什么的。

先生是爱尔兰人，说话很难懂。有时着急起来，就像东京人和萨摩人吵架，令人摸不着头脑。因为他平时极为马虎，同时又爱着急，所以，事情一旦有了麻烦，我就只好听天由命，一个劲儿只管瞧着他的脸。

这张脸绝非寻常。因为是洋人，鼻子高而分节段，肉过于肥厚。这一点，很像我自己。然而，这样的鼻官，别人一见就不会有什么好感。虽说如此，那一带杂乱无章，反而有些野趣。至于胡子黑白错杂，令人悲悯。有一次在柏克斯大街遇到他，就像一个忘了拿鞭子的马车夫。

我未曾见过先生穿白衬衫，露出白领子。他总是穿着花格子灯芯绒衣服，脚上套着泡泡囊囊的高筒靴子，几乎把腿翘到壁炉里。他不住敲敲短小的膝盖——这时我才发现，先生颇为消极的手指上嵌着金戒指。——有时，他不敲膝盖，而是一边揉搓大腿，一边为我讲课。我不知道他给我讲的什么，听着听着，我被先生带到他所喜欢的去处了，可是他绝不会再把我送回来的。而且，他所喜欢的处所，因时令的交替、气候条件而千变万化。有时，昨天到今日由一个极端跳到另一个极端。往坏里说，简直就是胡闹；往好里说，是同我举行文学座谈。今天想想，一次七先令，怎么可能听到正规的讲课？但先生似乎是不大在乎的，反而有我为他鸣不平，真是傻瓜一个！况且，先生的头脑也正像他的胡须所代表的那样，有些倾向于乱杂的样子。鉴于此，还是宁可不要超出报酬以上的有条不紊的讲课为好。

先生得意于诗歌。他读诗时从脸孔到肩膀都在微微颤抖，宛若春野的游丝。——这可不是唬你，的确是在颤抖。其实，他不是为我读，而是一个人读着取乐，所以归根结底还是我吃亏。有一回，我带了史文朋的《罗塞蒙德》，先生说：

“给我看看。”

他读了两三行，忽然将书本反转过来伏在膝盖上，特地摘掉夹鼻眼镜，叹息道：

“哎呀，不行啦，不行啦。史文朋真是老喽，竟然写出这种诗来。”

我打算读一读史文朋的杰作《阿塔兰塔》，就在这个时候。

先生把我当成小孩子。他经常拿一些愚不可及的问题考我：

"你知道这个吗？"

"你知道那个吗？"

不过，他有时会突然提出很重要的问题，立即又把我看成他的同辈。有一次他在我面前读华特森的诗，说道：

"有人认为像雪莱，有人认为他们俩完全不同，你是怎么看的？"

"说起怎么看，对于西洋诗歌，首先要诉诸于眼睛，然后再通过耳朵加以检验，否则就全然不懂。"

我就这样好歹对付了一番。至于像不像雪莱，如今全都忘记了。奇怪的是，此时先生照例敲敲膝盖说：

"我也是这么看。"

这倒很使我惶恐了一阵子。

有时，他探头到窗外，俯瞰遥远的下界往来奔波的行人，一面对我说：

"你瞧，那些行人中懂诗的，一百个人里挑不出一个来。真可哀呀！英吉利人到底是不懂诗的国民。要说这个，还是爱尔兰人伟大，他们高尚得多。——实际上，真正懂得诗的你和我，应该说是很幸福的。"

我被先生归为懂诗的一类人，甚是难得。不过，我对这种待遇颇为冷淡。对于这位先生，我还不能认为自己和他很投合，只能看作是机械式的喋喋不休的老爷子罢了。

不过，也有这样的事。我所卜居的下宿甚是可厌，想请先生在家里安排个地方。一天，上完练习课我向他提出这个请求。先生猛地拍了一下膝盖，说：

“好主意，你看看我的房子吧。”

从饭厅到女佣室到厨房，整整带我转一圈儿。本来就是四楼的一个角落，不可能太宽绰。两三分钟就看完了。先生回到原来的座位上，说：

“你看这块地方，哪里还能安置下你呢？”

说完后，即刻谈论起沃尔特·惠特曼来了。他说，过去惠特曼曾在他家稍稍逗留过。——他说得很快，有些听不真切。总之，惠特曼到他家里来过。——开始读他的诗，心中简直不是滋味儿，读上几遍，就逐渐感到有趣，到头来非常喜欢他了。因此……

关于在他家做寄宿生的愿望早已飞到爪哇国去了。我只管顺着他的话题听下去。此时，他又谈起雪莱和谁吵架的事。

“吵架总是不好。他们两人我都喜欢，我所喜欢的两个人吵架，尤其不好。”

他似乎极力劝止，但无论怎么劝止也白费，因为他们几十年前早已吵过了。

因为先生过于马虎，自己的书摆放得总不是地方。一旦找不到，就急得团团转，着火似的对厨房里的老婆子大声呼唤。于是，那老婆子一脸茫然地来到客厅。

“喂，我的《华兹华斯》那本书搁在哪儿啦？”

老婆子依旧把眼睛睁得盘子一般大，朝书架上打量一番。她尽管诚惶诚恐，但头脑很清醒，一眼就看到了《华兹华斯》。

“在这儿哪。”

她略显困窘地把书杵到先生眼前。先生一把夺过去，用两根指头啪啪敲着脏兮兮的封面，便说了起来：

“你看，华兹华斯……”

老婆子愈加睁大眼睛，退回厨房去了。先生对着《华兹华斯》敲打了两三分钟，最后将好不容易找到的这本书翻也不翻地撂下不管了。

先生时常寄信来，他的字很难认。不过只有两三行，有充分的时间反复阅读，但最后还是看不懂。我想，先生来信肯定因为有事不上课了，所以一开始就干脆省却了读信的麻烦。那位爱吃惊的老婆子，偶尔为先生代笔，那就很容易看懂。原来先生有这么一位得心应手的秘书。先生曾经叹息地说，他为自己的字写得不好深感困惑。而在这方面，我比他强多了。

我很为他担心，用那种字起稿，真不知会弄成什么样子哩！先生是《莎士比亚集》的出版人，他的那种字竟然有资格经常变形为活字版。尽管如此，先生依旧不以为然地写序文，做笔记。不仅如此，他还把自己为《哈姆雷特》写的绪言拿给我看。我说写得很好，他就托我说：

“你回到日本，一定要为这本书做宣传。”

《莎士比亚集》中的《哈姆雷特》，是我回国后在大学授课时受益匪浅的一本书。我想，恐怕再也没有像《哈姆雷特》那般周到而颇得要领的书了。但是，我当时没有感觉到这一点。不过在那之前，我就对先生关于莎士比亚的研究感到震惊。

出了客厅拐个直角就是六铺席大的小小书斋。说先生筑巢于高楼，其实只是这四层楼的一个角落。在这个角落的角落，有着先生最重要的宝贝。——那里排列着十册蓝色封皮的笔记本，先生一有空儿就把写在纸片上的字句，抄在这些蓝色封皮的笔记本里，就像吝啬鬼积攒那些带眼儿的金钱，星星点点地增加着，一生乐此不疲。这些蓝色封面的笔记本，就是《莎翁字典》的原稿。我来这里不久就知道了。据说，为了编纂这部字典，先生放弃了威尔士大学文学科的教职，以便腾出时间每天跑大不列颠博物馆查找资料。甚至大学的职位也不惜抛却，那么对于七先令的弟子马虎一下，也是理所当然的事情了。这部字典日日夜夜都在先生的头脑里盘桓磅礴。

我曾问过先生，博物馆既然有施密特[1]的《莎翁字汇》，何必再编纂这部字典呢？先生禁不住一副轻蔑的样子：

“看这个！”

他说着，将自己所保有的舒米德的书拿给我看。只见这本舒米德的书前后两卷全都黑乎乎的，没有一页是完好的。

“哦。”

我惊愕地盯着舒米德。先生颇为得意地说：

“假如我也编出一部和舒米德同样程度的书，那不是白费力气吗？”

说罢，他又并拢两根指头，啪啪敲打起那本黑乎乎的舒米德来了。

“是从什么时候开始着手做这件事的呢？”

〔1〕亚历山大·施密特（1816—1887），德国英语学家，尤其以研究莎士比亚语言而闻名。

先生站起身走向对面的书架，不住寻找着什么。他照例带着焦急的口气喊道：

“杰妮，杰妮，我的Dowden[1]怎么啦？”

老婆子还没出来，他又问Dowden在哪里。老婆子又吃惊地跑来了：

“啾，在这儿。”

她困窘地回去了。先生对老婆子一句感谢的话也没有，只顾饥渴般打开书本：

“嗯，在这儿哪。Dowden将我的名字列在这儿了。特别标明研究莎翁的库莱格先生。这本书1870年……出版，我的研究比这还早……”我完全被先生坚持不懈的努力征服了，顺便问道：

“那么，何时能完成呢？”

“我也不知道何时完成，这种事要干到死的啊！”

先生说着，又把Dowden放回原处。

其后有好长时间没到先生家里去。在那之前，先生曾经问我：

“日本的大学是否需要洋人教授呢？我要是年轻，也会去的。”

说罢，露出一副人生无常的神色。看到先生的表情如此激动，只是这一次。我安慰他：

[1] 爱德华·道登（1843—1913），英国文学史家。都柏林大学教授，莎士比亚研究家。这里是指他的著作。

"您不是还年轻吗？"

"哪里，哪里，谁又知道何时会发生怎样的事呢。毕竟五十六岁啦。"

先生说到这里，蓦地沉默不语了。

我回日本两年之后，新到的文艺杂志刊登了库莱格先生死去的消息。只有两三行字，说他是研究莎翁的专家。当时，我放下那本杂志，心想，那部字典或许没有完成而变成一堆废纸了吧？

1909年1月1日—1909年2月4日

2

第二辑　随想

长谷川君和我

长谷川[1]君和我互相只知道姓名，其他没有任何接触。记得我进入报社的时候，也不知道长谷川君已经是朝日新闻社的职员了。那么是在什么机会里认识他的呢？如今，全然淡忘了。总之，进入报社后有一段时间，我们没有见过面。长谷川君的家住在西片町，我当时住在阿部家族的故宅，所以论其住居，就在眼皮底下。所以，说实在的，我主动投刺登门拜访，本来是人之常情。然而，我却疏忽了这一点，根本没有想起来问一声长谷川君家住何处。就这样，稀里糊涂过去了。不久，鸟居[2]君从大阪来，主笔池边君邀集我们十多个人到有乐町俱乐部会餐。我这个报社的新职员，第一次和我社里的重要人

〔1〕长谷川辰之助，即二叶亭四迷（1864—1909），明治小说家、翻译家。日本现代文学的先驱。代表作有《面影》《平凡》等。

〔2〕大阪《朝日新闻》主笔鸟居素川。

漱石在千驮木书斋（1906年3月）

物同桌吃饭，长谷川君也身在其中。当有人向我介绍长谷川君时，我觉得他和我想象的相差太远，心里暗暗吃惊，连忙上前打招呼。起初我看到长谷川君进屋的身影，也听到长谷川君和其他要好的朋友亲切交谈的语调，当时我完全没有想到他就是长谷川君，只把他看成是社内一名重要职员。我虽然从年轻时候起就养成对各种傻事胡思乱想的毛病，但不大喜欢在脑子里描摹陌生人的容貌和举止。尤其到了中年，在这方面完全是一篇淡泊的散文。因此，对于长谷川君，也没有留下什么特别鲜明的印象。不过，冥冥之中，脑子里漠然觉得有一个长谷川君存在，所以一听说长谷川君这个名字，不由“啊”地惊叫起来。但解剖一下这种惊讶的方式，全都是一种消极的行为。首先，没想到他个子那么高大，身体那么强健；也没想到他的肩膀那么粗犷，下巴颏那么宽阔。他的丰仪处处呈现着方方棱棱的样子，甚至连头都是四角的，现在想起来还有些好笑。当时虽说还没有读过《面影》，但怎么也想象不出那种艳情小说竟然会是这个人一手写作的。说他“魁伟”也许有点儿夸大，显得不礼貌，但不管怎么说都有些近似，到底不是属于那种手握一管细鹅翎、坐在桌前吟风弄月的主儿，所以实在令人吃惊。但最使我惊讶的是他的音调。坦白地说，稍微轻浮了些。不过，发低音时非常沉稳、舒缓，语调丝毫不显得急迫。而且，有人给我们做介绍时，长谷川君只说了一两句话（当然，我也同样寒暄了几句，没有多费口舌，这倒是事实）。当时他说了些什么，至今全忘了，不过也不是平素常听到的那种空虚的辞令，这也是事实。双方毫无表情地只顾低着头，自己怎么样不清楚，反正对于对方的样子很感惊奇。因为是文学家，说起奉承话总觉得对不住其他人，但老实说，没想到长谷川君和我的谈话会那样简单至极——这种情况实在出人

漱石肖像（1912年9月）

意表。

在这种场合，我没有找到同长谷川君说话的机会，只是默默听他发言。当时，我的感觉是，这个人是很有品位的绅士，既不是文学家，也不是报社职员，更不是政客军人。我从俨然存在于所有职业以外的富有品位的绅士那里，感受到一种社交的快味。我体会，这不是那种单单产生于门第阶级的贵族式的品位，这种品位一半来自性情，一半来自修养。而且我发现，这种修养之中，受袭于自制和克己这种所谓汉学家，但没有硬性自我矫饰的痕迹。我可以断定，有几分是做学问的结果自行达到的境界；同时我还可以断定，另有几分是在和学问相反的方面即俗世进行苦斗，洗涤土鄙，接着再度安住于土鄙所产生的结果。

当时，长谷川君和池边君谈论起俄国的政党来了。他们谈得十分投机，不见有结束的时候。要说他们娓娓数千言，听起来似乎给人能言善辩、滔滔不绝的印象，似乎有些失礼；但从时间上说，又不能不使用这样的形容词。知识上的详密精细自当别论，甚至对面左边某人旁边是谁，他的相反方向有谁的座席等都记得很清楚，简直就像昨天才从俄国回来，就连那种很难记的某某斯基之类的人名也都能举出无数个来。但奇怪的是，这种谈话丝毫不含有一丁点儿故意卖弄知识、无所不通的浅陋的因子。我这个人生来对政党政治麻木不觉，曾经问一个朋友："当今的众议院主席是谁呀？"因而受到他一阵耻笑，自然不知道俄国是否有议会，因而对这种谈话没有任何兴趣。但因为时间过长，听到中途告别回家去了。这就是我和长谷川君初次见面的感想。

过了几天，我有事到报社去。登上脏污的楼梯，推开编辑部的房门进去，只见北侧窗下，四五个人围坐在圆桌旁边聊天。其他人的脸孔都能一眼瞧见房门是否打开，只有一人背对着我坐在椅子上，身穿灰褐色西装，修长的体躯超出椅子靠背一大截，看不出是谁来。到旁边一瞅，原来是长谷川君。当时，我对长谷川君说道：

“我有事正要找您呢。”

话音还没落，他就回说：

“哎呀，低气压期间，谢绝来客。”

“低气压”指的什么？对于不了解他生平的我来说，实在不得要领，不过“谢绝来客”四个字听起来又重又响，也就没再反问。我只是好歹解释为或许将头疼潇洒地说成是低气压吧？后来一问，才知道他指的就是实际上的低气压，据说苟有低气压徘徊不去，他的头就始终脱离不开懊恼。当时我也学他，同样挂起“谢绝来客”的招牌。这虽然出自创作上的低气压，但“谢绝来客”表面上双方都是同一回事。两个人既没有撤掉招牌的缘由，又缺少亲密的关系，所以从此再没有面谈的机会了。

一天午后，我去洗澡，脱掉衣服正要走进浴场，猛然朝旁边一瞥，看到一位正在洗浴的人，正是长谷川君。我喊了声：

“长谷川先生！”

一直没有注意到我的他，抬起脸来应了一声。我们在浴池里就这样各自开了一次口。我记得那是很热的时节，我揩干身子，坐在铺着草席的廊缘边，扇着团扇乘凉。不一会儿，长谷川君也上来了，他首先戴起眼镜，看到了我，从对面跟我打招呼。记得两个人都全光着身子。但长谷川君说话的方式，和初次见面谈论俄国政党时毫无二致，低音发得很稳重，语气平缓，同全裸很不相称。他丝毫看不出有什么顾忌，真心实意向我诉说头疼的事。去年好像晕倒过一次，躺在田头休息了片刻，现在稍微好转了一些。

“那么说，还是谢绝来客吗？”我半开玩笑地问他。

“哎呀……”他似乎支吾了一句。

“好吧，那我暂时先不去打扰了。”说着便分手了。

那年秋，我离开西片町搬到早稻田，因为搬家，我同长谷川君的缘分也越来越远了。但我买了他写的那部《面影》读了。于是，我大受感动（从某种意义上说，现在依然受感动。遗憾的是，我现在无法说明我的所谓某种意义到底指的什么，因为这篇文章主要不是评论作品的，只得作罢）。因此，我写了封信赞扬一番，从早稻田发往西片町。实际上是我很同情他的脑病，才做了这件多余的事。那时，我做梦也没有想到长谷川君并非以文学家为己任，作为同行又是同一报社的职员，虽然我自以为会多少给他带来些安慰，但想想他耻于做一名文士的立场，实际上我的作为或许很不合时宜。他回我一枚明信片，上面只写着：“谢谢，望有空见面。”云云。简单而淡薄，丝毫不是《面影》的文风，这令我大惑不解。这时，我才初次领教了长谷川君书信的一种风韵，然而这种书信绝不同于《面影》的风格。

其后，一直断了联系。下次见面是他初步决定去俄国的时候。大阪的鸟居君前来招呼长谷川君和我共进午餐，地点在神田川。到达旅馆会合之后，我们正在商量究竟选哪里为好的时候，长谷川君一个劲儿提到吃什么这一话题。记得他问我“中华亭”是哪几个字。在神田川时，他谈到去满洲旅行，被俄国人抓进监牢的经过，接着又谈起现今俄罗斯文坛不断变化的趋势，著名文学家的名字（名字很多，都是我所不知道的），还提到日本小说卖不掉的事。他希望到俄国以后，把一些日本的短篇小说译成俄语，等等。总之，三个人躺在席子上度过两三个小时，尽情地畅谈了一番。最后，他还托办两件事：他说他想宴请丹钦科[1]，请我一同出席；他自己不在国内期间，请我照顾一下物集[2]的女儿。

最后一面是，出发前几天他前来辞行，这是长谷川君第一次也是最后一次到我家里来。他走进客厅，环顾了一下室内，说什么：

“真像一座庙。”

因为是告别，所以没有谈及别的话题，只是将门生物集的女儿以及眼下独自身在北国的人又反复托付了一遍。

过了一天，我去回访他，他正巧不在家。我终于没有去送他。我同长谷川君从此再也未能见上一面。他从俄国首都只给我来过一枚明信片，其中有些诉苦的话，说那里非常寒冷，简直叫人受不了。我看了信，同情之余又觉得好笑，因为我并不认为会真的冻死，而他，看样子就要被冻死似的。长谷川君到底还是死了！长谷川君不了解我，我也不了解长谷川君，他就

〔1〕瓦西里·涅米罗维奇-丹钦科（1845—1936），俄国作家。

〔2〕物集高见（1847—1928），语言学家，东京大学教授。

这样死去了。要是他活着，我们也许只限于那几次交往，或者说不定有机会变得更加亲密。我只能将以上的长谷川君作为一位远方的朋友——长谷川君留在记忆之中。此外，我别无办法。他所托付给我的物集家的小姐时常见面，至于那位北国人士则杳无音信。

1909年8月1日

克贝尔[1]先生的告别

今天（八月十二日）该是克贝尔先生离开日本的日子。但是，先生两三天前已经不在东京了。先生是个极其憎恶虚仪虚礼的人。二十年前，应大学聘请离开德国时，深知先生禀性的朋友没有一人到车站送行。先生如影子一般静静来到日本，又如影子一般悄悄离开日本。

文静的先生在东京三度迁居。先生所知道的恐怕只是他的三间住居和由此通往学校的道路。我曾问过先生是否散步，先生说，没有散步的地方，所以他不散步。照先生的意思，大街不是散步的地方。

这样的先生可以说对于日本这个国家一无所知。也没有理

〔1〕克贝尔·拉斐尔（1848—1923），哲学家。生于俄国，赴德国研究哲学和文学。1893年，到东京帝国大学讲授西洋哲学。退职后在东京音乐学校教授钢琴。

由了解日本的好奇心。我告诉他我在早稻田，先生不知道早稻田在哪里。深田君提醒说，以前他曾应邀到过大隈伯[1]的宅邸，先生对此早已忘却。也许他第一次听到大隈伯的名字吧。

上月十五日，我应邀参加晚餐会时，我问先生回国后有没有朋友。先生回答，除了南极和北极，不管走到哪里都有朋友。这当然是句玩笑话，但在先生的头脑里，只有超越个别的场所、具有世界观念的人才会有这样的话语。只要说出这样的话语，在不感兴趣的日本待了二十年之久，也就没有必要显露出不满的表情了。

不光是地方，在时间上先生的态度也完全不同于常人。我问他，邮船公司的轮船有一半是货船，速度又慢，为什么要乘这种船呢？先生说，他乘船在海洋上不管漂流多久都不以为苦。他说，他很理解那些只考虑快速、便利的人的心情。他们从日本到柏林，总是计较是十五天还是十四天，总希望旅行能早一天到达目的地。

同西方人完全不同，先生对待金钱总是漫不经心。在先生家中做事的人，在经济方面都享有充分的自由，这一点是普通人家所看不到的。前次会面时谈及一位敛财家，先生苦笑着说，积蓄那么多金钱究竟想干什么呢？先生今后完全可以靠着日本政府的津贴以及过去月薪的盈余生活下去，他的月薪的盈余是真正的自然而然的盈余，不是特意俭省下来的。

〔1〕大隈重信（1838—1922），政治家、侯爵。历任参议院议员、外相、首相等职。创立东京专门学校，其后任早稻田大学总长。

对于这样一位先生，最重要的是人与人之间相互联结的爱与情。先生最喜欢自己教过的日本学生。十五日晚，我离开先生的家回来时，先生对我说，他马上就要离开日本了，临行前只想给朋友和自己指导过的学生留下一句简单的话：

“再见了，多保重。”

他托我将这句话写出来，在《朝日新闻》上刊登。先生说他讨厌谈论别的事，也没有必要谈。他说他不希望自己的这句话刊登在广告栏里。我不得已在先生的许诺之下，除了“再见了，多保重”这句话之外，又画蛇添足地加上了自己的一段话。我愿先生的告别辞，能像先生所希望的那样，永远留在众多受过先生熏陶的人们的心里。我代表大家，衷心祝愿先生旅途平安，安度晚年。

1914年8月12日

战争造成的差错

十一日晚上就寝之后，不久就被叫到电话机前，被告知说：克贝尔先生出发延迟了，但当时《告别辞》已经送了报社，我也无法可想了。先生依然住在横滨的俄国总领事家里，他之所以不能离开日本，可以认为完全是这次战争造成的。因此，叫我写出这份更正书的也是这场战争。应该说，正是战争迫使两个老实人都撒了谎。

但是，先生的告别辞并不会因为十二日是否出发而发生改变，因而我在一旁所加的画蛇添足般的文字，也并不会因为先生的去留而影响其价值。故而，我坚决认为，没有必要声明将我们写的所有内容全部撤销。但是，有一句校错了的文字，就是"请关照自己指导过的学生"，被错校为"请关照自己指导过的老师"，这句话务必撤销。这种差错也是由于使得校对人员忙昏头脑的战争造成的，抑或是这次战争的罪过。

1914年8月13日

正冈子规[1]

你叫我讲讲正冈贪食的故事？哈哈哈哈，可不是吗，我在松山的那个时节，子规从中国归来就住到我这里了。原以为他会回自己的家的，可他既没有回自己的家，也没有去亲戚家，而是到我这里来了。不管我答应不答应，他总是一个人为所欲为。你知道的，那时我租住上野的一座客房里，楼上楼下一共四间。上野的人频频劝我不要留客，说正冈生了肺病，会传染的，还是避开些好。我也有些害怕，可不好拒绝。于是我住楼上，大将住在下面。有时候，全松山市学习俳句的门生一起在这里聚会，我从学校回来一看，他们每天都来好些人，闹得我连书都读不下去。当然，我那时也不是个爱读书的人。总之，我是没有自己的时间了，只得做起俳句来。大将每到中午，都

〔1〕正冈子规（1867—1902），俳句和歌诗人，生于爱媛县松山市。首倡以写生文等手法进行诗歌创作。

从饭馆订购些鱼糕来吃，你知道的，他一边吃饭一边发出“吧嚓吧嚓”的声音。他也不和我商量，自己想叫就叫，想吃就吃。我记得还吃过一些别的东西，唯独烤鱼糕记得最清楚。临回东京的时候，他说了声“请代付一下”就一走了事。我对此也感到十分惊讶。他还向我借过钱，我记得给他带走了十几元。他路过奈良时给我来了一封信，说是借的钱在当地用完了。也许他一个晚上就抛散光了吧。

但是，在这之前，我一直受着他的款待。不妨说一说还记得的一两件事吧。正冈这家伙从来不到学校去。他也不愿借别人的笔记来抄一下。因此，一到考试，他总是叫我去。我去了，把笔记的内容大体上给他讲一遍，可他呢，只是马马虎虎地听着，明明没有弄懂就连忙说：“明白了，不要再讲了。”最后还是一知半解。那时，大家都住在常磐会的宿舍里，开饭时就到食堂用餐。有一次，他又叫我去。当时我回复他说，去是可以的，只是讨厌再吃鲑鱼饭。那一回真让他破费了，没有吃鲑鱼，他把我带到附近一家西餐厅去了。

一天，他突然写信来，说他此时正在大宫公园的万松庵里，叫我赶紧去一趟。我去了，那是一座极为漂亮的房子，大将端坐在里面的客厅里，神气十足。在那里，他请我吃烧鹌鹑蛋。看那副架势，我想，正冈是个有钱的人，其实不然，他把身上的钱全吃光了。后来我住在熊本，有一次到东京来，曾和子规、飘亭三人游过神田川。当时正值正冈在社会上立脚的时候。

正冈贪食的故事，我只记得这么些了。住在追分的奥本家那阵子，他租了一间屋子住着，叫人从旅馆送饭过来吃，那时他写了一部小说名叫《月都》，十分得意地拿给我看。时值寒冬，大将入厕时，总是端着火盆进去。我说把火盆端进厕所能用得上吗？他说火盆放在面前，有便池挡住，烤不着，如果面朝后蹲着，火盆放在面前，就能用得上了。他还用这火盆煮牛肉吃，真叫人哭笑不得。他把《月都》拿给露伴[1]看，据他说，露伴看了认为这部小说绝非眉山和涟[2]等人可比。他自己也颇为得意。当时我什么也不知道，所以就以为这部作品真的了不起了。打那时候起，我总是受正冈的骗。他说做俳句近来已悟出了门道，再没有什么可怕的人了。我当时一无所知，所以满以为俳句和小说一样了不起。其后，他硬逼我做俳句。有时，他家门口对面有一片竹林，他说，就以那为题材好了。我不置可否，他却一个劲儿撺掇，简直像对自己的门徒一般。

正冈在这之前就做起汉诗来，而且学了一手似乎称作“一六风”的书体。那阵子，我也做起汉诗汉文来，时常博他一笑。从那时起，我被他所理解了。有一次，我用汉文写了一篇到房州旅行的游记，其间夹了几首蹩脚的诗，送给他看。谁知这位大将没有受到我的托付就写了跋文寄来。他在文章里说道：“能读英书者不能读汉诗；能读汉籍者不能读英书。当如我兄者千万人只其一也。”然而，这位大将的汉文实在太差，

〔1〕幸田露伴（1867—1947），明治文豪，小说家，汉学家。作品主题歌颂理想主义和艺术至上。

〔2〕指川上眉山（1869—1908）和岩谷小波（1870—1933），两人都是小说家，砚友社成员。

仿佛一篇社论除去假名字母一般。不过，论到诗他比我多产，而且深谙平仄。我的不够完整，而他的却很完整。写起汉文，我有自信，做起汉诗，他比我高明。用今天的眼光看他的诗也许写得不算好，但就当时来讲，能达到那般程度也就不错了。听说，他和内藤一起坚持到最后。

他比我早熟，一旦谈论起哲学来，会令我这样的人诚惶诚恐。我在这方面一点也不发达，或者说简直一窍不通；而他却拿了哈特曼[1]的哲学书来，对着我大吹一通。这本厚厚的德文书，是待在外国的加藤恒忠先生寄给他的，他频频翻着那些尚未认真研究的章节。我每听到幼稚的正冈炫耀这些，就感到有些惶恐。看来，我当时更加显得幼稚了。

他是个性情孤傲的人，我们都是性情孤傲的伙伴。然而现在看来，双方都不是什么了不起的人物。当然，这不是一口否定。他本人是说实话的，他只尊重事实。他认为教员们一团糟，同班同学也是一团糟。

他是个懂得好恶的人，所以很少和人交际。不知为何，他单和我有交往。其中一个原因是，我和他相见时一切都很随便，他要是计较，也就会中止往来。不过，他并不以为苦，所以才能保持着友谊。我要是一味地标榜自己，他和我是无法处得融洽的。比如，他叫我做俳句，我不能一开始就说怪话。我可以一边做，一边发牢骚。这不是什么策略，而是自然而

[1] 哈特曼（1842—1906），德国唯心主义哲学家。

然这样做了。总之，我是个好人。要是正冈今天还健在，我俩的关系可能是另一副样子。至于其他方面，我俩一半是性格相似，一半是志趣相投。还有，他心目中的“自我”同我心目中的“自我”没有发生过剧烈的冲突。我忘记了，我和他开始交往的一个因由是：我俩谈论起曲艺来，这位先生总是以自己是个“曲艺通”而自居。我呢，也知道些曲艺的知识，谈起来就有话题了。打那以后，我俩很快亲近起来。

他的事大体都对我讲过。总之，正冈和我同岁，而我不像正冈那般成熟。有时候他对我简直像对待小弟弟一样。因此，他可以心安理得地干一些我所不敢干的坏事。他是个处世的老油子。（我这话并非恶意）

他有政治家的抱负。他频频发表演说。他没有足以使人洗耳恭听的辩才，但却乐于滔滔不绝发表议论。对于这种蹩脚的讲演，我是不愿听的，而这位先生却自鸣得意。

不管干什么，你都得听从他的指挥。我俩走在路上，他总是按自己的主意拉着我到处转悠。也许我是个吊儿郎当的懒人，处处听他摆布惯了吧。

有一回，正冈说要给我算命，没等我求他就为我卜了一卦。他在一张和铺席一样长的纸上写起来。他说我会成为一个教育家，将来会如何如何，此外还写了有关女人的事。他是在嘲弄我。正冈一个劲儿地寄信来，我也给他写了同样的回信。这些信现在都没有保存起来。无疑，我俩都是一样的愚人。

子规的画

我只有一幅子规画的画。长期以来，我把这幅画藏在纸套里，作为对亡友的纪念。随着一年年过去，有一阵子，我甚至完全忘记了纸套的所在。近来忽然想起，那样放置下去，要是碰到搬家什么的，真不知会丢到哪儿去呢。心想，不如趁早送到装裱店，制成挂轴悬挂起来为好。我找出涩纸[1]糊的套子，拂去灰尘，抽出来一看，画还是照原样潮乎乎地叠成四折。除了画之外，本以为不会再有别的东西，谁知又意外发现好几封子规的信。我从中挑出子规给我最后的一封，接着又挑出没有标明年月的较短的一封，把画夹在两封信之间，三者合在一起，拿去装裱。

画是插在花瓶中的一枝野菊花，构图极其简单。旁边还加

〔1〕涂有柿汁的双层包装纸。

了注释：

权当它就要枯萎了吧。画得不好，须知乃病中所为。要是以为我撒谎，那就支起胳膊肘儿画画看。

由此看来，他并不认为自己画得好。子规画这幅画时，我已经不在东京了。当时，他给这幅画附上了一首短歌，特地寄送到熊本。歌曰：

野菊一枝舞翩翻，
君住火国何日还？

画幅悬在墙上，远远看去，深感寂寞。论颜色，花、茎、叶和玻璃瓶子，只使用三种颜色。花开了，一轮二蕾。数数叶子，共有八九片。再加上四周的素白，还有装裱的绸布的冷蓝，不论怎么看，心里总有一股寒气袭来，叫人受不了。

看样子，子规为了绘制这幅简单的花草，不惜付出极大的努力。仅仅三朵花，至少花费了五六个小时。每个地方都仔细地涂抹了一番。他能付出如此非凡的努力，以极大的耐性抱病从事这项工作，这不仅需要无比坚定的决心，也同他那种轻松自如完成一首俳句或短歌的性情明显产生矛盾。细想想，也许他当初学习绘画时，听不折[1]等人关于学画必先学写生的教导，企图从一花一草开始实践吧？再不然就是他忘记将俳句上谙熟的同一方法用到这方面来了。抑或没有本领加以运用。

这幅野菊所代表的子规的画，稚拙而又认真。他那才气横溢、思如泉涌的文笔，一旦浸染在颜料里，蓦地凝结住了，笔锋也黏滞不畅、畏葸不前了。想到这里，我禁不住微笑起来。虚子来访见到这幅画，曾赞扬说："正冈的画不错嘛！"我当时回答说：画出如此单纯而平凡的特色，就耗费了那么多时间和劳力，正因为正冈的头脑和手专心致志投入那种不必要的劳动，所以才无形中流露出朴拙之气。一个循规蹈矩的人物，谈不上可厌，也谈不上自命不凡，如果说好处在于厚重，那么子规的画的好处正在于那种缺乏才气的愚直。一点一画，神情毕肖；俯仰之间，境界顿开。而子规正因为不具备这样的本领，所以不得已只好弃绝简洁之途径，老老实实，耐心实行涂抹主义。果真如此，一个"拙"字到底是免不了的。

子规在做人和作为文学家上，是个最缺乏"拙"字的主儿。我和他长年相处，不论何月何日，我既没有捕捉到嘲笑他的"拙"的机会，同时也没有获得对他的"拙"感到迷醉的瞬间。可是在他殁后即将十年的今天，在他特为我画的一枝野菊花里，我确确实实看到了一个"拙"字。其结果，自然使我哑然失笑，感佩无量。对我来说，实在大有兴趣。只是画面太凄

〔1〕画家中村不折（1866—1943），漱石和子规的朋友。

清了，如果可能，我一定叫子规将这种朴拙之处发扬得稍微雄浑一些，以便作为这种凄清情调的补偿。

1911年7月4日

三山居士[1]

二月二十八日这天，一早刮起了温润的风。这风掠过泥土地上的时候，地面一下子都湿透了。走到外头一看，自己脚底下冒出的热流，就像发烧病人的呼气，每当被木屐齿踏回去，又被风回旋上来，捉弄着行人的眼耳鼻舌。回到家脱掉皮大衣，不知何时垫肩布下面都湿了，在电灯光里，映射出汗珠儿的光亮。我好生奇怪，接着又脱去外褂，只见同一处有两大块地方被汗水濡湿了。我在那下头穿了棉衣，棉衣上还穿一件法兰绒背心和毛织衬衣，不论那个傍晚多么令人不愉快，可从未料到肌肤上渗出的汗水能渗透到那里去。我试着叫身边的人摸一摸棉衣的脊背，果然一点儿也不湿。为什么最外面的胶皮外套和羽织褂都湿透了呢？我暗暗有些纳闷。

〔1〕池边三山（1864—1912），本名吉太郎。熊本藩士之子。大阪《朝日新闻》、东京《朝日新闻》主笔。

据说池边君身体突然发生变化，是从那天十点半开始。临时打了一针很见效，也就放心了。谁知过了晌午又逐渐陷入险恶，最后面临绝望的状态。我当时每天执笔写作《春分时节》，终于也在那个时刻完稿了。池边君的肺病已到晚期，他为病痛所折磨，流着油汗，挣扎于床笫。而我在这段时间里，却不能给他一点儿照顾和慰藉，作为他的朋友，抱着一种朋友所不该有的麻木不仁的态度，实在有些说不过去。想到我在修善寺沉疴不起、终日迷惘于生死关头的时候，池边君运动着他那长大的躯干，从东京来到这里，坐在我的枕畔。他一边哭丧着脸一边说，他是被医生骗到这儿来的了。看来，受到医生欺骗的他，又打算拿这话来欺骗我了。他死时，甚至没有为我留下思考这句话的余地。他坐在枕畔，竟没有让我好好看他一下。我只是在那天夜里，仅仅瞥了一眼他死后的容颜。

当夜，于劲吹不止的温风中减少些睡衣，比寻常早一些时候就寝，可是很难入睡。关紧的门被摇动了，十一点过了，有人送来池边君的讣告，我大吃一惊。我立即撩开白色的毛毯，换上衣服。乘上人力车时，抬头仰望阴霾的令人不快的天空，命令车夫迎着狂风驶去。道路泥泞，车轮阻滞，车夫喘着粗气，一路上被风裹挟着，不时掠过我的耳畔。看来是平时有月亮的夜晚，天空蒙上了可怕的灰色的云，由东至西明显地拖曳着两条宽阔的云带。其间，左右的彩云犹如两只老鼠白蒙蒙浮现出来，愈益显得阴森可怖。在我到达池边宅第之前，天上的云彩死一般静寂不动。

我上了楼，先和报社的人聊了一会儿，便到楼下一间屋子，同已经再也不能开口说话的池边君告别。那里有一位和尚在念经。三四个女人在另一个房间默默等候。遗体包着白布，上面罩着池边君平时穿的印有家徽的黑色礼服。脸也用白布遮盖起来。我挨近枕畔，揭开脸上的白布，这时，和尚突然停止了念经。透过夜半的灯光，看到池边君的面孔和平时没有什么变化。仔细刮过的胡子夹杂着白须，直刺我的眼睛，仿佛叮嘱我不要遗忘他的特征。只是那没有血色的两颊十分苍白，在我心中刻下冰冷的无常的感觉。

我最后见到活着的池边君是在尊堂葬礼的那天。瞅着出棺的空隙，我赶到那里，伫立在门口，等着送殡的人们通过。这时，我和池边君无意中互相对望了一下。当时，池边君没有戴帽子，穿着草鞋和朴素的衣服，跟在灵柩后面。那副样子至今我还记忆犹新。我应当把池边君这个影像作为他生前最后的纪念，永远藏在心底。我简直后悔极了，心想，当时怎么没有同他说句话呢？池边君的血色那时已经大变，可是当时还是能充分开口说话的啊！

1912年3月1日

初秋的一天

从火车厢里瞅瞅窗外奇怪的天空，下起雨来了。那是微细的毛毛雨，更加鲜明映入我眼帘的，是经雨水打湿的草木那一派凄清的颜色。三个人都对这时节的天气放心不下，所以都穿上了胶皮外套。但一想到终于派上了用场，大家谁也乐观不起来。因为，从当日那种令人扫兴的天气加以推论，可以想象两天之后夜晚的景色会是什么样子。

“十三日[1]要是下雨，那就糟啦。”O自言自语地说。

“莫说天气了，病人也会增加的啊。”我不经意地应了一句。

Y只顾埋头阅读从车站前买的报纸，一言不发。雨不知不觉变大了，窗玻璃上开始出现细碎的水珠儿。我坐在闲静的车

〔1〕大正元年（1912）9月13日，是为明治天皇举行葬礼的日子。

厢里，不由想起早年英国爱德华国王举行葬礼时，曾有五千多人晕倒在地上。

下了火车乘上人力车时，依然感觉到很浓的秋意。透过车幌，只见车前湿漉漉的青山豁然被凿开，三辆人力车静静奔驰在这条青绿色的山道上。车夫既没有穿草鞋，也没有穿布袜子，光着脚走在柔润的土地上，将腰力提升到驾着车把的手指上。于是，左右一派蓊郁的芒草丛里，传来清越的虫鸣。虫声赛过打在车棚上的雨音，响亮地敲击着我的耳鼓。伴随着这无边无际的虫鸣，我想象着远方那一望无尽的簇簇芒草。就这样，我把那芒草当作铺天盖地的秋的代表。

在这青碧的秋的里面，三个人又看到了火红的鸡冠花。那艳丽的颜色一旁，有一座供路人歇脚的小茶馆。板凳上堆积着晒干的青豆壳。或许是木槿吧，银白的花朵随处可见。

不一会儿，车夫放下车把。走出黑暗的车篷，看到高高的石阶顶上坐落着草葺的山门[1]。O在攀登石阶之前，站在门前稻田的田埂上小便。为了早做准备，我也连忙走到他身旁效颦。然后，三个人前后踏上雨湿的石板。不久，眼前出现一间挂着“典座寮”[2]匾额的僧房，从里头请来一个向导，把我们领进客厅。

〔1〕此处指北镰仓的东庆寺。

〔2〕禅寺的炊事房。“典座”，司掌伙食的火头僧。

离上次拜见长老[1]，已经相隔二十年了。这回我特地从东京跑来拜谒，一见到长老的面，落座之前就一下子认出来了。可是长老却把我全然忘记了。我主动做了自我介绍，长老说：

“我全忘了。”然后互道契阔。

“好久没见了。”

“已经是二十年前的事了。”等等。

出现在我眼前的这位小个子长老，同二十年前相比没有多大变化，只是心境变得淡漠了。也许是年龄的关系，脸上添带了些天真的表情，和我所预料的稍有不同。其他都还是往昔的那位S禅师。

“我眼看就要到五十二岁了。”

当我听到长老这句话时，心想，怪不得看起来这样年轻。说实话，我至今以为长老的年龄在六十上下呢。但现在才五十一二，联想起上回我来执弟子礼的时候，他不过三十多岁，正值壮年。尽管如此，长老学问渊博。正因为他很有学识，所以在我眼里，显得比较老成持重。

我把随行的两位引见给长老。商量好“巡锡[2]”计划之后，随便闲扯起来。长老谈到了缘切寺[3]的由来、时赖夫人

[1] 此处指释宗演（1859—1919），号洪岳，历任圆觉寺和建长寺管长，辞职后迁住东庆寺。著有《释宗演全集》。

[2] 僧侣执锡杖徒步巡游，传播佛法。

[3] 指东庆寺。古时女人无离婚自由，但逃往该寺为尼，即可获得保护。

开基[1]之事，以及他自己为何住在这座尼寺的缘由……临回去时，长老送我们到玄关，“今天是二百二十日[2]……”于是，我们三人又在这二百二十日的雨里，再次通过山谷间开凿的公路回到城里。

翌日早晨，我站在楼上俯瞰K町[3]，天气不雨不晴，只是笼罩着梦幻般的烟霭。三个人一同抵达车站的时候，月台上站着五六个穿着胶皮外套的西洋人和日本人，他们默默地踱着步子，等待七点二十分的上行火车。

国葬以及乃木大将[4]的报道充斥首都所有报纸的版面，那是隔了一天之后翌日早晨的事。

1912年9月22日

〔1〕东庆寺本为北条时宗之妻觉山尼所创立，同时赖夫人无涉。作者记忆有误。

〔2〕立春后第二百一十日或二十日，约为9月1日或9月10日，常刮台风，故为厄运之日。

〔3〕指镰仓（kamakura）。

〔4〕乃木希典（1849—1912），陆军大将，长州藩士。明治天皇葬礼之日，于自宅偕同妻子殉死。

愚见数则

理事来叫我写点什么，我最近脑子里根本没有什么要告诉诸位的。但是，如果一定要我写，倒可以勉强写一点儿。只是我不愿意净说好话，随时也许会有不中意的地方。还有，把过去的事原封不动罗列下来，那就像记账本，一点意思都没有。做文章就像捏糖人，要拽多长能拽多长，不过那真味就要大大减损了。

从前的学子，负笈游历四方，遇到个认为孺子可教的老师，便投刺门下。为此，他们敬师过于敬父母。先生对弟子一如对自己的儿子。非如此则不能有良好之教育。而今日之学生，视学校如旅馆，只是出点钱暂时逗留一个时期，一旦厌倦即行迁徙。校长之于此类生徒，一如旅馆老板，而教师则如领班或伙计。作为校长的老板须时时讨好房客，更不用说领班和伙计了。比起培养优等生来，不被解雇就算万幸了。故生徒趾高气扬，教员甘拜下风，成为自然之情势。

应该知道，不努力则成为庸碌之人。我自己无学，每当面对诸子，告以“用功啊，用功啊”，恐诸子终将如我一般愚钝。殷鉴不远[1]，勉旃勉旃[2]。

我不适于做教育家，没有作为教育家的资格。如此不适当之人，为求糊口之口，及早抢到了一个教师的位置。这证明现今的日本没有真正的教育家，这就是很好的证明。同时也说明一个可悲的事实：现今的书生即使不是教育家也可糊涂教授之。世上热心的教育家中，亦有很多与我同感者。造就真正的教育家，驱逐我等冒牌货，乃国家之责任。做个优秀的学生，让我等为师者醒悟，如此下去则永远不能成为教师。此乃诸子之责任矣。我等从课堂上被放逐之时，当为日本教育隆盛之日！

勿以月薪高下定教师之价值。月薪时有走运与不走运、低落与腾贵之差。抱关击柝[3]之辈，或有优于公卿之器也。此等事从书本上即可知晓。如果仅限于知晓，而不肯实地应用，则一切学问皆成徒劳，不如昼寝为妙。

教师未必比生徒优秀，未必能保证绝无误教之事。故不可令生徒处处唯教师之命是从。不服之事可以抗辩，然一旦知己

〔1〕殷鉴，可以作为殷朝借鉴的往事（指夏亡的教训）。《诗经·大雅》：“殷鉴不远，在夏后之世。”

〔2〕勉旃，努力、勉励之意。《汉书·杨恽传》：“方当盛汉之隆，愿勉旃，毋多谈。”

〔3〕意为守门的和打更的。比喻职业低贱。《孟子·万章下》：“辞尊居卑，辞富居贫，恶乎宜乎？抱关击柝。”

之非，应幡然悔悟，此间容不得一点辩疏。认己之非之勇气，应百倍大于完成某事之勇气。

勿狐疑，勿踌躇，奋然前进。一度养成卑怯留恋之癖，则难以去除。磨墨偏移一方，很难平衡。记住，凡物最初至关紧要。

勿思世上皆善人，否则发怒事多。但亦不可尽交恶人，否则无有安心事。

勿崇拜他人，勿轻蔑他人。想想生之前，想想死之后。

观人窥其肺肝，倘不能则勿出手。西瓜叩之知其善恶，欲知人之高下，当挥胸间利刃割作两半知之。仅叩而知之，必受意外之伤。

勿恃多势而欺侮一人，这无异于向天下吹嘘己之无力。如斯之人乃人间之糟粕。豆粕，马食之。人粕，天涯海角无可售也。

自信重时，他人破之。自信薄时，自己破之。宁为人所破，勿为己所破。去除庸俗，强不知以为知、爱揭他人之短、冷嘲热讽者，皆未去庸俗之故也。不仅人本身，即便诗歌、俳谐等，若入庸俗，则亦不美。

即使为师所斥骂，切勿以为己之价值低下。反之，即使为师所褒扬，切勿得意于己之价值之崇高。鹤飞鹤寝皆为鹤，猪吠猪吟仍是猪。以人之毁誉而变化者是行情，不是价值。以行情高下为目的而处世，谓之秀才；以价值为标准行事，谓之君子。故秀才多荣达，君子不以落拓为意。

平时如处女，变时如脱兔，坐时如大磐石。须知，处女时有流于浮名者，脱兔偶尔会成为猎人囊中物，大磐石也有因地震而滚动之时。

勿用小智，勿逞权谋。须知，两点间最捷径者是直线。

当非用权谋不可之时，施于较己更愚者，施于利欲熏心者，施于因毁誉而动者，施于感情脆弱者。祈祷，诅咒，皆不能撼动山峦。一个成年人为狐所祟，理学书上未曾见过。

观人，勿观金手表，无观洋服。小偷穿着较之我等更为华丽。

勿狂妄，勿谄媚。自觉无本领者，为保无虞，常携六尺护身之棒。有借款者，努力劝酒糊弄债主。皆因己之软弱之故也。有德者，即使不张狂，人亦敬之；即使不谄媚，人亦爱之。大鼓咚咚，空虚为之。女好甜言，无力之故也。

切勿随便褒贬他人，对此人做到心中有数即可。请看那些信口雌黄者，话一旦出口，欲再行入口收回，则不值一文。何况，此类批评多来自风闻，本来就基础薄弱。至于学问一道，一味不加讨论，一旦遇他人攻击，则唯恐出现破绽。谈论他人之身世，则添枝加叶，到处播扬。此与雇佣他人，间接敲击对手无异。若有嘱托，则无法可逃。

未受人托而做某事，乃醉狂中之醉狂者也。

傻子百人相聚，依然是傻子。以为己方势众，己方就有智慧，此见差矣。牛伴牛，马恋马。我方势众，亦时有证明其傻也。此乃最为可笑。

欲求事成，必须认清时间、场合、对象，缺一固然不可，缺百分之一亦难获成功。但举事未必一心以求成功为目的，倘以成功为目的举事，就如同为拿月薪而做学问。

人欲利用我，若无大碍，任其行之。关键之时，痛而抛之。此不为复仇，乃为世为人之举也。小人喻于利，一旦知其行于己有损，即可少干坏事矣。

言者不知，知者不言。捕风捉影之事，喋喋不休。此举最叫人难堪，况毒舌乎？诸事节制些、文雅些，当然也不要一味客气。一言时有千金价。万卷书若满纸荒唐事，亦等同粪纸。

勿混淆损得与善恶。勿混淆轻薄与淡泊。勿混淆真率与浮佻。勿混淆温厚与怯懦。勿混淆磊落与粗暴。临机应变，方见种种之性情。有一无二者，不为优等。

世上既然有恶人，难免斗殴闹事。社会尚未完善之时，亦常有不平与骚动。正因为学校亦有学潮，故须渐渐改良之。平安无事，无疑可喜可庆；但对于时代来说，实乃堪忧之现象。这样说绝非教唆诸位闹事。一味作乱，则令人甚为困惑。

安身立命，君子也。舍生忘死，豪杰也。怨天尤人，妇女也。贪生怕死，小人也。

树立崇高理想，这不等于说野心勃勃。且看无理想之人的言语行动，至为丑陋；且观理想低微之人的举止容仪，丝毫不美。理想出自见识，见识来自学问。做学问者若人品不高，当初以无学为宜。

勿受蒙骗而做恶事，以免深表其愚也。勿中收买而行不善，以免足证其陋也。

勿以默默为讷辩。勿以拱手为怠惰。勿以发笑为无怒。勿以不重名声而不闻窗外事。勿以不择食而不爱佳肴。勿以发怒而为无耐心。

欲屈人者，必先自屈。欲杀人者，必先自死。故欲侮人者，同于自侮。欲负人者，同于自负。进攻时快似旋风，坚守时固若金汤。

以上诸条，笔随意出。长可无限，故略。未敢祈望诸君一读，更何况拳拳服膺者乎？诸君今年少，遭逢人生最欢愉之时，我等之说，乃无遑倾听。然数年之后，校园生活结束，突然进入俗界之时，回首思考一番，或有可怀念之事。但此亦不敢保证也。

入社辞

辞退大学进入朝日新闻社，逢人便见到一副吃惊的神情。有的问为什么原因，有的赞扬是明智的决断。没料到辞去大学进入新闻社会出现这些奇怪的现象。我进入新闻社能否取得成功本来就是个疑问。预计不会成功偏要放弃十多年走过的路而一朝决定转换职业，别人认为不明智因而感到吃惊也是可以理解的。连本人对此也觉得惊奇。然而，如果是以为放弃大学这样光荣的岗位去新闻社，因而感到吃惊，我希望不要这样想。大学或许是名学者的巢穴，是值得尊敬的教授、博士的安乐窝。忍耐二三十年，也许能混个敕任官当当。也许还有其他诸多好处。不错，这样想想倒是个好的去处。想进入大红门、爬上讲台的候补者——没有计算过，不知多少人，但总不在少数，一一打听恐怕也颇费时日。大学的好处，从这一点上也可以看出。我也极有同感。但是，我只赞成认为大学是个很好的地方，并不等于赞成认为新闻社是个不好的职业。

如果新闻社是做生意的，那么大学也是做生意的。否则就没有必要成为教授、博士，也没有必要要求长工资。没有必要当敕任官。就像新闻社是做生意一样，大学也是做生意。新闻社是卑下的商业活动，大学也是卑下的商业活动。只不过一个是个体经营，一个是官方经营。

在大学上了四年课。这是对特别恩准外游二年的加倍报偿的义务年限，今年四月正好满期。满期后即使吃不上饭，也要死守这块阵地，打算到死都不离开。谁知，朝日新闻社突然来商量要我入社的事。一问干什么事情，回答说只要适时地提供些有关文艺方面的作品就行。这对于把文艺著作看作生命的我来说，是求之不得的大好事。哪有这般称心如意的待遇？哪有这样光荣的职业？谁还考虑什么成功不成功。我再不想把什么博士、教授、敕任官之类放在心上，去唯唯诺诺、汲汲以求了。

夏目漱石书斋

在大学授课时，总有狗吠，所以很不愉快。我讲课不好，有一半是因为这狗。我绝不认为我学力不够。我对学生怀着歉意，因为完全是为了狗，希望将不满发泄到那些狗身上。

在大学工作最高兴的是在图书馆阅读那些新到的杂志。因为太忙，没有充裕的时间，所以甚感遗憾。可是我一进阅览室，隔壁的馆员便拼命大声说话、谈笑。这样妨碍清兴真叫人受不了。有一次，我上书给坪井学长，希望给予处罚。学长没有理睬。我的讲课不好有一半是因为这个。我觉得对不起学生，但是因为图书馆和学长不好，如有不平，可以对他们发泄。有人认为我学识不够，这很使我困惑不安。

在新闻社，据说不必上班。每天只要在书斋里做事就行了。我的住宅附近有许多狗。它们一定也会像图书馆员那样喧嚣。然而这些都和朝日新闻没有任何关系。即使有些不愉快，带来些妨害，在新闻社还有可以好好工作的。雇员对于雇主只要能称心工作，这就是最好不过的了。

我在大学年薪是八百元。因为多子，房租高，很难生活。没办法只好到其他两三所学校兼课，跑来跑去过日子。连我这个“漱石”也疲于奔命，患上了神经衰弱。此外，还得多少写些文章才行。说我是醉狂之作也只好听之任之。近来的“漱石”感到不写点什么就无法生存。不光如此。为了教书，还得不断读书以修养自身，否则没有脸面面对社会。“漱石”因为以上

熊本大学校园内的漱石座像

熊本县熊本市坪井漱石故居庭园

这些事得了神经衰弱症。

新闻社禁止同时担任教师赚钱。为此，支付足够柴米之资的工资。只要能吃饱肚子，何苦非要守株待兔不行呢？说辞职就辞职！辞职第二天，就感到背上轻松多了，肺腑也充满了大量的新鲜的空气。

从大学辞退后到京都旅行。在当地会见了故友，又到原野、山间、寺院、神社游逛，都比教书愉快。黄莺翻着身子，鸣叫出悦耳的初音。[1]我心性怡然，将四年来的尘埃从肺底倾吐尽净。这都托新闻社的福啊！

记得有句话：人生感意气。朝日新闻给我这个怪人创造了适宜怪人生长的环境，作为怪人，我愿为新闻社竭尽全力。这是我乐意做的应尽的义务。

〔1〕榎本其角（1661—1707）俳句：黄莺倒转声初闻。

3 第三辑　往事漫忆

再度住院

终于又回到医院[1]来了。算起来，我到这里度过酷热的朝夕，已经是三个月前的事了。那时二楼的庇檐向外伸展着六尺长的苇帘，遮挡着太阳，使得燠热难耐的廊缘稍稍暗淡了。廊缘上放着是公先生送的枫树盆景，以及其他前来探病的人带来的花草。倒也为我解除了几分烦闷与暑热。对面高楼的阳台上，出现两个光膀子的人，不畏赤日炎炎，跨过危栏，故意仰面躺在细长的横杆上。看到他们那副恶作剧的样子，我感到羡慕，自己何时才能有那样的好身体呢？如今，这一切皆化为过去，再也不会回到眼前来了。往事如梦，飘渺难寻。

出院时，我遵照医师的嘱咐，决心异地疗养。谁知，我于

〔1〕指位于麹町区（今千代田区）内幸町的长与胃肠医院。漱石1910年6月住进该院，7月底出院转赴修善寺温泉疗养，8月大吐血，10月再度住进这家医院。

异地再度罹病，躺着回到东京。况且，回东京也未能进入自己家门，而是乘着担架又被抬到原来的医院。命运当此，出人意料。

回来那天，出发时修善寺下雨；抵达时东京也下雨。我被扶持着下了火车，前来迎接的人们中，有一半未曾见过面。理应行注目礼的不过二三人。尚未来得及打招呼的当儿，已经被簇拥着早早躺上担架。为了防备黄昏的雨水，担架上遮挡着油布。我觉得仿佛被放入土坑，时时于暗中睁开眼来。鼻子嗅着桐油的气味儿，耳朵听着淋在油布上的雨声，还有跟随担架的人们轻轻的话语。然而，眼中却空无一物。火车上森成大夫为我插在枕畔提兜里的一枝大野菊，下车时忙乱中也折断了吧？

人卧担架上
眼前不见野菊花，
只闻桐油味。

我把当时的光景，缩写进十七字中。就这样，我乘着担架直接上了医院的二楼，在三个月前睡过的雪白的病床上，安静地躺下来，伸展开枯瘦的手脚。静谧的夜晚，雨声潇潇。我的病房所在的病区只有三四个病人，人语断绝后，秋夜里比起修善寺来，反而更加寂悄无声。

这个沉静的夜晚，我裹着白毛毯安然地度过两个小时。这当儿，护士送来两封电报。拆开其中一封，写着“祝贺平安返京”，发报人是身在满洲的中村是公。拆开另一封，依然写着“祝贺平安返京”，同刚才那封一字不差。我颇感兴趣地看着，觉得虽然字句寻常，但其中有着某种暗合。是谁拍来的呢？我看发报人的名字，只标着Suteto，使人不得要领。再看发报局，写着名古屋，终于弄明白了。所谓Suteto，是铃木祯次和铃木时子两人名字的约音，亦即小姨子夫妇。我把两封电报折叠在一起，打算明早一看到妻子的面，首先将这事告诉她。

病房的榻榻米是青绿色的。隔扇也更换了。墙上新涂了漆。一切都让人感到舒心，洁净。这情景立即使我想起杉本副院长再次来修善寺巡诊时，给妻子撂下的话："新换了榻榻米，正等着他来呢。"按他的话屈指一算，已经过去十六七天了。青绿的榻榻米，早已恭候多时了。

思来又想去
空房静静盼我来
几夜鸣蟋蟀？

从这天晚上起，我又把这座医院当作第二个家了。

院长和病人

回到医院的十一日晚上，我问前来查房的后藤医师，最近院长的病情如何。他说：

“有一阵子很好，不过，近来因为天气稍冷了些……”

听到他这么回答，我说：

“见到他，请代我问好。”

当天夜里，我一心无挂碍地睡了。第二天一早，妻子在我枕边一坐下来，就告诉我：

“有件事儿瞒着你呢。长与先生已于上个月五日去世了。我托东医师代替我们出席了葬礼。不巧的是，八月末正碰上你病重的时候。”

我这时才醒悟过来，陪床的人对我隐瞒了院长去世的消息，我也理解隐瞒的意图。看来，她将活着的我同死去的院长做了一番比较，茫然之余只好保持沉默为妙。

院长从今年春天起病情开始恶化，我上次在这座医院住了六个星期，其间一直没有见到过院长。他得知我的病情后深表遗憾，托人传过话来说，只要自己健康情况许可，他一定为我尽心治疗。后来，又时常通过副院长向我问好。

在修善寺病情出现反复之后，报社[1]请求医院特别委派森成医师赶来看望我。森成医师到达后对我说，医院很忙，他不可能在这里待很久。当晚，院长特意给森成医师拍来电报，说尽量为我提供方便。电报的内容自然没有让已经入睡的我过目，但据坐在枕畔的雪鸟君传达，那些字句作为美好的记忆，依然清晰地留在我的耳边。原来电报上写着："留在当地，尽心看护。"对于森成医师来说，这就是庄严的命令。

院长病情恶化，我也陷入危笃的境地，大体是在相同的时期。当时，我呕出大量的鲜血，在别人看来是无法恢复了。在那两三天之后，森成医师说医院里有事，要回一趟东京，看来那是趁着院长活着的时候再见上一面。过了十天左右，他又因为医院有事再次赶回东京，乃是为了参加院长的葬礼。

一开始就对我表达好意、间接为我的治疗操心的院长，在他一步步接近死亡的期间里，而我却奇迹般地攀越着渐次收缩、细如游丝的生命之线活过来了。正当院长的死为自己确立一基永恒的墓石之际，他耐着病苦为我缠络在骨骼上的生命的根须，又在冰冷的骨头周围催生着血流畅通的新鲜的细胞。供在院长墓前的花朵，几度枯萎，几度更替，胡枝子、桔梗、女郎花，还有白菊和黄菊。入秋一个多月之后，我在这一个多月

〔1〕指东京朝日新闻社。

期间内，又因旺盛的血潮涌流至皮下，再次回到院长建立的这座胃肠医院，而且对院长的死一无所知。回来后的第二天早晨，妻子才对我说明了一切。我相信，在那之前，身处东京的院长是知道我生病的过程的。我原想，等我病愈出院时，务必向他表达谢意。要是在医院里碰见了，也要真诚感谢他一番。

为逝去的人，
也为活过来的人，
翩翩雁归来。

细思之，我能平安地回到东京实乃天意。要说这是理所当然，那只不过依然活着才会如此大言不惭。头脑里不要只惦记着活下来的自己，也要想想那些在生命的钢丝上一脚踏空的人。只有将他们和幸福的自己加以对照，方可感到生命的可贵，才会懂得怜悯之情。

秋夜月光里，
但见一羽雁归来，
寂寂情满怀。

詹姆斯教授

得知詹姆斯教授逝世的消息，是在听闻长与院长死去的翌日早晨。拿起新到的外国杂志翻阅了五六页，忽然看到教授的名字。我很想知道他的新著有没有公开出版，读着读着，出乎意外地看到了有关他去世的报道。那份杂志是九月初发行的，文中提到是上个礼拜天以六十九岁高龄辞世。掐指一算，正是院长病情逐渐恶化，身边的人昼夜眉头紧锁的日子。我也一度大量失血而徘徊于生死关头。想想教授停止呼吸的时候，我的生命也趋于垂危，看护的人正为我枯瘦如柴的手腕上摸不到脉搏而焦急万分吧？

我今年夏天开始阅读教授最后的著作《多元的宇宙》。当时正要去修善寺，打算到那里之后继续阅读，于是就把剩下的五六卷书一起塞进书包。不料到达那里的第二天起，情绪不佳，连门都不能走出一步。但我躺在旅馆的楼上，有一两天依然坚持每日接着稍微读一些。随着病势加重，读书只得全部停下，直到教授死去，这本书我再也没能重新拾起。

人在病中，第三次阅读教授的《多元的宇宙》，约在教授死后的数日之后。现在回想起来，当时的我恐怕十分衰弱。仰面躺着，两肘下面垫着被子，手里拿着书很吃力。不到五分钟，因为贫血，手麻痹了，只得换一换姿势，揉一揉手背。不过，比较起来头脑不是太累，书本上的内容都能领会。经过大吐血后，到现在我才有了信心，感到脑子仍然很灵。高兴之余，我把妻子叫来，告诉她头脑比身体要好。妻说：

“你的头脑好过头了。病危后的两三天里很难伺候，实在叫我伤透了脑筋。”

《多元的宇宙》剩余的一半，我用三天时间颇有兴致地看完了。我站在一个文学家的立场上，感觉教授事事皆以具体事实为根据，运用类推进入哲学领域，这一点很有意思。我并不厌弃辩证法，也不盲目厌弃理性主义。只是自己平生文学上的见解，同教授哲学上的主张，亲密无间，一脉相通，从而愉快地感受到彼此相依的心情。尤其是教授介绍法国学者柏格森学说的部分，文字如坂上走丸，势不可挡，对于血液尚嫌不足的我的头脑来说，真不知如何高兴呢！打这时起，我对教授的文章敬服得五体投地。

如今我还记得，我曾特意把一房之隔的邻居东君叫到枕畔来，告诉他，詹姆斯真是为文的高手。当时，东君因为没有明确表示赞成，我就毫不客气地对他说：

“你要读读西洋人写的书。”

于是，什么“此人文字流畅”啦，“此人描写细致”啦，等等。我把所有具备特色的地方，就他的写法，全都挑出来，一边读一边问他：“懂了吗？”真是太失礼了。

教授的兄弟中有个叫亨利的，是著名的小说家，文章写得非常艰涩。世上人都说，亨利写哲学似的小说；而威廉写小说似的哲学。亨利的文章佶屈聱牙，而这位教授的文章明白畅晓。翻检病中日记，九月二十三日这天写着如下难以捉摸的话：

午前读完詹姆斯，感觉读了一本好书。

有时被作者的名字和题目所骗，读了些极不像样的书，但此时我没有那样的遗憾，这则日记足可以证明。

在我治疗期间寄予我种种好意的长与院长，在我一无所知的时间里死去。我在病中，给予我空漠的头脑投以陆离光彩的詹姆斯教授，也在我一无所知的时间里死去。而应该感谢他们两人的我，却单单一个人活着。

菊雨潺潺，疾病赋我一身闲。

色香淡淡，今朝尚无菊花缘。

詹姆斯教授的哲学思想，从文学方面看，具有何种趣味，这里没有详细说明的余地。为此，我深感遗憾。此外，教授所极力推介的柏格森著作第一卷英译本，将由索南香[1]出版公司出版。其标题是《时间和自由意志》（*Time and Free Will*）。作者的立场和已故教授相同，皆属反理智派。

〔1〕英文Sonnenchein的音译。

往事的情趣

病重时，活一天算一天，一天不同一天。自己也明白，心中似乎有条河在流动。坦白地说，往来于大脑里的现象，犹如天上的行云，极为平凡。这一点，我也很清楚。这辈子，生过一两次大病，与此相应的也就有了一些不深不厚的经验。这些经验，天真地、不以为耻地重叠转移的过程中，我产生了一种想法：要是每天将自己心里的事写下来，作为他日的参考，不是很好吗？不用说，当时我手脚不太灵巧。而且，一天很快地过去了，第二天又很快地到来了。于是，掠过我头脑里的思绪的波纹，来得快也消得快。我依稀遥望着渐去渐远的记忆的幻影，睡梦中也想将它召唤回来。听说有一位名叫缪斯泰尔堡的学者，家中遭了贼，日后被法庭传唤去做证，他的陈述大都与事实不符。一个以准确为宗旨的认真的学者，即使他的记忆也是不确定的。《往事悠悠》中的往事，经年累月，自然也就失去了光彩。

我的手变得尴尬之前，我失去的已经很多。我的手恢复拿笔的力量之前，逃逸的东西不在少数。这可不是谎言。为此，我想将自己患病的经过，以及随之而产生的内心的生活，片段地、无秩序地叙述出来。朋友中有人看到我恢复得如此好而感到高兴，也有的人为我担心，劝我不要轻举妄动。

其中，脸上表情最痛苦的当数池边三山君。他一听说我又写稿，立即大骂我多此一举，而且那声音很可怕。我向他解释说：

“这是医生允许的，你就权当是寻常人解解闷儿算了。”

三山君说：

“医生自然会同意，不过没有朋友的许可也不行啊！”

过了两三天，三山君见到宫本博士，提起这件公案，博士对他说：

“人要是太无聊了，会有增加胃酸的危险，反而于健康不利。”

这时，我才好容易获得解放。

当时，我给三山君题赠了两首诗：

遗却新诗无处寻，嗒然隔牖对遥林。
斜阳满径照僧远，黄叶一村藏寺深。

悬偈壁间焚佛意，见云天上抱琴心。
人间至乐江湖老，犬吠鸡鸣共好音。

巧拙勿论，住在病院的我，根本无法看到寺庙，也没有必要在病房内置琴。因此，这些诗无疑是违背实际情况的。但却恰到好处地吟咏出我当时的心情。正如宫本博士所言，无聊会导致胃酸增多，根据我亲身的经验，繁忙也同样会使胃酸增多。总之，我认为，人不能立于闲适的境界是一种不幸。如今，此种闲适转瞬即来，满心的快乐都包含在这五十六个字中了。

不过，要说情趣，当然还是属于旧的情趣，可以说既不奇也不新。实际上，既不是高尔基和安德烈夫，也不是易卜生和萧伯纳。这趣味皆属彼等作家所未曾知晓的趣味，存在于他们绝不涉足的境地。正如现今的我辈卷入痛苦的现实生活一样，现今的我辈也卷入了痛苦的文学。这虽说是不得已的事实，但假若被“现代的风气”所煽动，一年三百六十五天，天天目不斜视观察人世，那么人世必定贫乏而大煞风景吧。偶尔，这种古风的情趣，反而会在我等内面生活上放散出一股新意。我因病而获得此种陈腐的幸福和烂熟的宽裕，海外归来第一次体会到面对平凡的米饭一般的心情。

《往事漫忆》，因即将忘却而付诸回忆。好容易活着回到东京的我，即将失去因病而享受到的短暂的闲适的心情。我尚未离开床铺、腿脚还不太灵便时，就已经担心，我给三山君的诗，会不会成为歌咏此种太平之趣的最后的篇章呢？《往事漫忆》只不过是平凡而低调的个人卧病中的抒怀和叙事。其中，大都难以割舍地移入了此种陈腐而匮乏的情趣，所以我尽快地回想、尽快地写出来，以便同如今具有新思想的人们以及如今依然痛苦的人们，共同品味此种古老的馨香。

吟诗作句

住在修善寺的时候，仰卧在被窝里作俳句，我把这些俳句写进日记里了。有时还作些讲究平仄的汉诗，这些汉诗也作为草稿全都收入日记中了。

这一年，我越发疏于写作俳句了，至于汉诗，可以说一开始就是个门外汉。不论是诗还是俳句，都是病中所为，即便卧病的我认为是得意之作，但也并不指望会引起专家的注目（尤其是现代专家）。

然而，我在病中所作俳句与汉诗的价值，从我自身来说，全然同作品的优劣无关。平生即使有不顺心的时候，既然苟有自信堪忍俗尘之健康，既然这种健康亦为人们所认可，那我就只能是一个长居俗世、立于生存竞争之中日夜恶战的人。用佛语形容，就是受尽火宅之苦，梦中也感到焦急不安。有时被他人驱策，偶尔是主动所为，兀自摆一摆十七字，或者弄一弄起承转合等四句组合。然而，不仅是那些本来无法写进句或诗的东西，平素有时也会感到心灵空虚、愁绪满怀，无法抛诸于诗或句之中。这也许是嫉妒欢乐的现实生活的鬼影故作风流的结果吧？抑或因热狂于句与诗之余，乃为句与诗所播弄，焦灼不安，随之付诸于焦急难耐的风流的结果吧？因而，不管自以为有多少佳句与好诗，那些能够赢得当事人的愉快之作，也仅限于二三同好的评价。除此之外，其余只可归结于过度的不安和痛苦之中的产物了。

然而，一旦罹病则趣味迥异。病中感到自己已经离开现实人世一步；别人也多少认为自己离开了社会一步。自己作为成人，可以获得一份不劳而获的安逸；别人也会因自己是个成人而感到悲悯和忧虑。这样一来，健康时节实难寻求的长闲的春天，悄悄出现于眼前。此种安闲之心最适合吟诗弄句。故而，先不说成功与否，对于将这些作为太平之纪念的本人来说，真不知如何可贵。病中所得诗与句，并非为解闷或耐不住闲暇时所作，而是出于一种逃遁现实生活压迫、回返本来自由的欲望，于充足的闲余之时，油然膨胀而浮现的天然的霞彩！我既为自然兴起而欣喜，又为捕捉其兴味、横咬竖嚼，得句成诗的顺利过程而高兴。每于渐成之晓，见无形之趣判然创造于眼前，那种心情更加使我欢忭非常，何遑顾及吾趣与吾形是否有其真价值？

我在病中通过识与不识的朋友获得四面八方同情者们的亲切的问候，凭着如今依然衰弱的身体，实难一一详细作答而不至于辜负大家的好意。也无法向大家汇报自己直到今天终于未死的经过。我在病床上开始写作《往事漫忆》正是出于这个目的。——将本该分别一一作答的事项，简要地载于文艺栏之一隅，向那些时时为我操心的可敬的人们，报告我的一些近况。

因此，《往事漫忆》中掺杂的诗与俳句，不单是为了使大家了解我作为诗人或俳人的立场，说实话，我已不在乎其善恶等等，只要能把当时的我受如此情调之支配而活着的消息，于一瞥之中，传达到读者心里，我也就满足了。

漱石书　触手微凉意，原为拟宝珠

秋天的海湾，
打夯的声音。

这是昏迷中醒过来十天之后，突然吟出的句子。一碧如洗的秋日的天空，广阔的海湾，远方传来打夯的声响。这三种事项相呼相应的情调，当时不断地在我微弱的头脑中来去，至今依然记忆鲜明。

秋天的天空浅黄，澄澈，斧头砍在杉树上。

这是用另一种语言表达心中某种执着之情。

分别了，在梦中，
空中一道天河横。

漱石书　微雨及花朝

当时不知何种意味，现在还是不知。或者是和东洋城[1]分别的联想，于梦中的头脑里徘徊不定，恍惚出现吧？

当时的我只爱西洋语言无法表达的风流的趣味。即便在此种风流中，我也只钟情于这首俳句中所表达的一种趣味。

秋风呵，
红彤彤的喉头节。

这些句子虽说都是实况，但杀气很重，含蓄不足，脱口而出，颇觉奇怪。

风流人未死，病里领清闲。
日日山中事，朝朝见碧山。

诗不加圈点，就像障子门不糊纸一般寂寥难耐。自己所以

〔1〕漱石门生松根丰次郎的俳号。

加上了圈儿。我向来不辨平仄，只朦胧地懂得些叶韵。那么何苦要干这种只有中国人得心应手的事情呢？其实这个问题，我也回答不出。但是（先将平仄韵字置诸一旁），诗之趣乃王朝以后的传习，久而久之，已经日本化了，时至今日，于我等年长的日本人头脑中，而不大容易夺去了。我因忙于平生之事，连简易的俳句也不做，至于诗，更是懒得下手。只是如此远离现实世界，缥缈的心中毫无蟠结之时，句才能自然涌出；诗方可乘兴以种种形式浮现出来。以后回顾起来，皆是自己一生中最幸福的时期。

堪称容纳风流之器者，除却无作法的十七字和佶屈的汉字之外，我不知日本还有哪些发明。否则，我于此时此地，何必忍受其无作法和佶屈，埋首于风流之中而乐此不疲、无怨无悔呢？我绝不以日本没有其他更好的诗歌形式而感到遗憾。

读《列仙传》[1]

开始萌生读书欲的时候，玄耳[2]君从东京给我寄来了《醉古堂剑扫》[3]和《列仙传》两书。《列仙传》是带书帙的中国线装本，十分古老，既旧且脏，稍不注意，极易弄破书页。我横躺着拿起这本脏兮兮的书，一一仔细观看了其中的仙人插图。我饶有兴致地将这些仙人须髯的样子和头发的形态加以比较。当时，我忘记了画工用笔的癖好，只是想，必须有那样的扁平头才有资格成为仙人，只有稀疏的美髯飘飘于胸前，才能加入仙人一伙。我一味凝视着他们容貌上所表现出的共同的骨相，总也看不够。我当然也阅读了原文。我平时性子急

〔1〕汉刘向著，集五十五位仙人传记，插图分三卷刊行。

〔2〕指当时朝日新闻社记者涩川柳次郎。

〔3〕明陆绍珩（江苏松陵人，字湘客）自《史记》《汉书》和《世说新语》等典籍摘引嘉言、格论、丽词和醒语等，分辑十二部，刊行于天启四年（1624）。

躁，很难碰到心情旷达的时候，如今竟然有意识地怀着悠长的心境读完了这本书。我认为，现在的年轻人当中，没有一个人肯拿出勇气和时间将《列仙传》读上一页。说实话，年长的我也是现在才开始阅读《列仙传》这本书。

不过，可惜的是，原文不如插图精雅。其中也有欲块已经羽化的世俗的仙人。尽管如此，阅读当中，也有一些令我满意的人物。最令人恶心而可笑的是那个将手垢和鼻屎团成药丸儿，作为仙丹送人的那位仙人，我现在忘记他的名字了。

然而，比起插图和原文，更引我注意的是卷末的附录。简单地说，这些都是堪称长寿法和养生训的东西，从诸方搜集而来，罗列在一起。但因为是为那些想成仙的人立的章法，不同于深呼吸和冷水浴，都是些颇为抽象难解、似是而非的文字。然而病中的我却甚觉有趣，特意将其中的两三节摘录在日记里。翻检日记一看，写着："以静为性，心在其中。以动为心，性在其中。心生性灭，心灭性生。"整整半页日记，全被这些晦涩难懂、莫知所云的汉文占满了。

当时的我，手里握着钢笔，沾着墨水写上一两次，就觉得颇为痛苦。实际上，比起健康的人只手挥舞六尺大棒还要吃力。如此急剧衰弱的时期，心中竟然有抄写道经的兴趣，现在想起来依然很愉快。回忆起往昔孩提时代，去圣堂图书馆埋头抄写徂徕[1]的《蘐园十笔》，一生仅有一次泛起同样的

〔1〕荻生徂徕（1666— 1728），江户时代儒学家。元禄三年（1690）开塾讲学。著作还有《译文筌蹄》等。

心情。我过去的作为，除了抄写以外毫无意义，我病后的作为也几乎同样毫无疑义。我在这种无意义之中寻出一种价值，感到很高兴。修炼长生本领的《列仙传》，能使病后的我在堪称长生的悠长的心境下，如此津津有味地读下去，在我来说，完全出自偶然，抑或是终生难以再遇的奇缘。

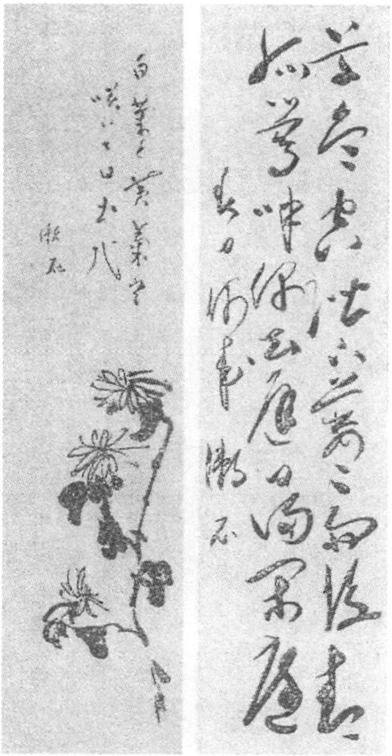

漱石书　（右）草色空阶下，萋萋雨后青，孤莺呼偶去，迟日满闲庭。春日偶成　漱石

（左）白菊黄菊开，日出哉。漱石

法国老画家阿尔比尼，已经九十一二岁高龄了。依然像常人一样充满活力，最近在画廊上发表了十种惹人注目的木炭画。沈德潜在《国朝六家诗抄》[1]的序文中，特地写上“乾

〔1〕清乾隆年间，刘执玉选康熙年间著名诗人宋琬、施闰章、王世祯、赵执信、朱彝尊和查慎行等六家诗作而成书。

阳丁亥夏五长洲沈德潜书时九十有五”一段文字。不用说，长生是难得的好事。获得长生依旧能像上述二人那般头脑灵活，则更是难得。刚过不惑之年不久又从死亡边缘获救的我，自然不知道今后还能活多久。细思之，只能活一天算一天，活两天算两天。要是头脑依然好使，那就更加难得。海顿[1]被世人称作是死了两次的人。第一次他请人写了悼词，然而他居然活过来了。我当时也在某家报纸上看到他死去的消息。尽管如此，事实上他没有死，依旧活得很好。正如读了《列仙传》，从小反复经过天真的努力，终于获得了长生。这对病弱的我来说，也是非常幸福的。不久前，我接到一位陌生朋友的来信，上面写道：“先生不能死，先生不能死。”一方面，我为读了《列仙传》而获得长生感到庆幸；同时，也为这位具有同情心的青年而活下来的我而感到庆幸。

[1] 约瑟夫·海顿（1732—1809），奥地利作曲家。

病中的书

沃德[1]在所著《社会学》一书的标题上，特意冠以力学的（dynamic）这一形容词。看来是告诉人们，这不是普通的社会学著作，而是论证力学的书。但是，这部著作翻译成俄语时，俄国当局立即禁止发售。作者不解其故，向住在俄国的朋友询问个中原因，朋友说他自己也不清楚。但是，这位朋友回信说：或许标题上有力学的（dynamic）和社会学（sociology）这两个词儿，当局不分青红皂白将这本书归为dynamaite（炸药）以及社会主义等可怕的著述一类，才做出如此的暴举吧。

眼下不是俄国当局，我也是对dynamic这个词儿投入不少注意力的人。一般的学者，对于这个字眼儿不屑一顾，只顾死气沉沉埋头于钻研材料。我平时不仅对这些状况司空见惯，而

[1] I.F.沃德（1841—1913），美国社会学家。

且看到和自己有关的文艺上的议论，容易陷入此种弊病或已经陷入此种弊病，我就为此而感到遗憾，并加以批判。因此，为了参考，我曾阅读一度引起俄国当局惊恐的力学的社会学（dynamicsociology）著作。实际上，这等于坦白自己的耻辱，颇令人汗颜，但这绝不是什么新书。从版本的装潢上看，古趣盎然，属于已经出版的斯宾塞的综合哲学一类。然而，这是一部可怕的十分厚重的书，上下两卷，一千五百页。别说四五天，就是花上一周也很难读完。本来收进书箱，等以后有机会再读，但忽然想起，既然对小说失去兴趣，现在读读这类东西不是挺合适吗？于是从家中搬来，躺在医院研究起力学社会学来了。

但是，读着读着，觉得这本书的开场白冗长得令人生畏。关键的社会学部分很不完备，尤其是我所感兴趣的所谓dynamic有关章节，写得十分粗疏，不尽如人意。如今，我的目的并非对沃德的著作展开批判，只是他在序文中已经有所提及，所以我相信作者就要谈到真正的力学了，就要谈到高潮的力学了。结果，读完长达一千五百页最后一段文字，我的期待也没有出现。这正如哈雷彗星的尾巴本该包裹地球的当天，一切都平安地度过，没有发生任何变化，心中感到很不够意思。

不过，在阅读过程中，时常会引起无限联想而感到趣味无穷。其中，读到“宇宙创造论”这一庄严的标题时，我不由想起昔日老师讲授的星云说，禁不住微笑起来。于是突然想到了这些。

如今，自己正从危险的病中逐渐得以恢复，为此而感到非常幸福。于是，自己在痊愈的过程中，希冀那些即将死去的名人以及那些可贵的人能够多活些时候。我很感谢病中照顾我的妻子、护士和青年们。对于照料我的朋友以及前来探望我的任何一位人士，我都抱着诚笃的感谢之情。我相信，这其中潜藏着人性的东西。证据是，一种具有人生价值的、深沉而又强烈的快感，正从这里膨胀起来。

这是人类相互之间的关系。这是我们既不把自己看作宇宙的本位，也不把头伸出宇宙看看地球的回转，这是内部的情景。历经三世的全体生物进化论，（尤其是）将依靠物理的原则而无慈悲运行、无情义发展的太阳系历史作为基础，于其间微弱生存着的人类，细想起来，我等人类的一喜一忧，只能认为是无意义的、没有势力的事实。

经过无限星霜而凝固的地球的表皮，获热而溶解，并且膨胀而转变为气体。同时，其他天体也接受与此相等的革命，直至今日，分离运行，布满轨道与轨道之间。这时，今天有秩序的太阳系，失去日月星辰的区别，犹如一大团绚烂的火云盘旋不定。再反过来想想，此种星云失去热量而收缩，同时不停地旋转，一边旋转，一边甩掉外部的一片。这样一来，就可以得出一个结论：我们这个海、陆、空气历然齐备的古老的地球，本来只不过是一团火红燃烧的气体。由面目仿佛的今日回溯开去，将科学的法则拉回不可想象的往古，运用一丝不苟的普遍真理，无疑山就是山，水就是水。此山、此水、此空气，以及靠太阳而生息的我等人类的命运，使得我等生存条件具备的一瞬间——由永劫展开的漫长宇宙的一瞬间——变得贫乏了。因此，与其说是无常，毋宁说是看作偶然的命运更确当。

平时我等仅以他人为对象而活着。关于生存的空气当然会有，这一点未尝有人觉察。究其心理，似乎出于这样的观点：我等既然活着，自然就会有空气。但是，有了空气人才会活着，实际上，空气并非为了人而出现的，而是因为有空气，人才会出现。如今，此种空气的成分，如果发生变化——地球的历史已经预示这种变化——活泼的氧气同地球的固体相化合而次第减少，那么，二氧化碳被植物吸收而消耗，就像月球表面没有气体一般，我等的世界也会极度冷却，我等也就悉数死亡，再也不能像今天这样，庆幸活下来的自己，悲叹远逝的他人，怀念朋友，憎恨敌人，甘于内部的生计，得意度日了。

进一步纵观经过由无机到有机，穿过动植物两界，犹如“万里一条铁”[1]，万里无间断地发展过来的进化的历史，就会感到我等人类于此大历史环境中只不过是一页材料。懂得这一点，自以为高踞于百尺竿头的人类，就会立即抛却骄傲之气。中国人打开世界地图，发现自己所居并非地球中心；可怖的黑船到来之后，日本也不再是什么神国。再向上回溯，天动说也会被打破，勉强获得了地球并非宇宙中心这一统一见解。较之那个时代，知道进化论、想象星云说的现代的我等，从而尝到了一种“幻灭”之感。

为了保存种类而无意于个体的灭亡，这是进化论的原则。根据学者的例证，一条带鱼每年产卵数达一百万条。牡蛎则为二百万，翻了一倍。其中，活下来的只不过几条。自然是经济

〔1〕禅语，是说一切现象变化无穷，同时始终一贯。见《禅林句集》。

的最大的败家子，从道德上说，抑或是最为残酷的父母。人的生死作为人的本位的我等，照此说来大致相同。暂时地改换立场，自己以一副自然的心情观察，这是理所当然的，丝毫不存在可喜或可悲的道理。

当我这样想的时候，我感到很惶恐，又觉得无聊。因而，我又换一种心情，想起最近在大矶死去的大冢夫人[1]的事。我为这位夫人写了一首悲悼的俳句：

菊花投棺内，相伴芳魂去。

〔1〕大冢楠绪子（1875—1910），歌人、小说家。著有长诗《百次参拜》、长篇小说《空薰》等。

呕　吐

难忘的八月二十四日到来前的两周多光景，我已经病倒了。那些来温泉疗养的浴客从我门前穿梭而过，我不想让他们看到我的姿影，即使天气闷热难熬，也时常房门紧闭。老婆子一天三次拿着菜单问我订什么菜，我虽然要了两三样合口的，但一看到摆在饭盘里的小碟子，不由就产生反感，再也不想举箸了。肚子里也泛起了恶心。

开始吐的是类似汤药的黄黑色水。吐出后就舒畅些，稍稍可以进食了。但一时的高兴尚未消失，积压在胃里的厚重感又使我不堪其苦。于是，又吐了起来。吐出的大都是水。颜色渐渐改变，最后变为青绿色美丽的液体。在胃里送不进一粒米的恐怖与担忧之下，那种液体又突然毫不留情地顺着食道倒流出来了。

青绿的东西又变了颜色，开始吐黑黝黝的浓汁了，就像熊胆溶进水里，满满的一脸盆。这时，医生皱着眉，忠告说：

“吐出这样的东西来，趁早还是安安静静回东京的好。”

我指着脸盆问他：

“这是什么东西？”

“是血。”

医生满脸扫兴地回答。

但在我看来，这种黑色的东西不像血。

接着，又吐了。

此时，熊胆的颜色稍稍转红，经过咽喉时，一股腥臭直冲鼻翼。

我按着胸脯，自言自语：

“是血，是血。”

我的病情通过长途电话报告给胃肠医院，医院又直接通知了报社。玄耳君听到后大吃一惊，急忙差遣森成大夫带着坂元君特意赶到修善寺。从分社跑来的东洋城站在枕边告诉我，今天东京有医生和职员前来。这时，我确实感到有救了。

此刻的我，几乎活得不像个有着复杂生命的人。胸间激烈地闹腾着，除了痛苦，再也容不下别的东西，朝夕烦恼。刻印着四十年经历的足足有余的大脑，此时只管每秒钟深深地记下截然的苦痛。因而，我的意识的内容，全都涂抹着一色的愁闷，往来于肚脐上方三寸之处。我朝夕想的是，将自己身体的这个部分尽早切割下来，投畀野犬；再不然就将这可怖的单调的意识及早抛却到一个地方去。还有，如果可能，任从被睡魔征服，聊不知南北地睡上一个星期，然后怀着丰饶而昂扬的精神，于爽净的秋日阳光下，飒然睁开双眼。或者，至少免除火车和汽车的颠簸，迅疾回到东京，住进胃肠医院的病房，四肢朝天地躺在那里。

森成大夫来后，也未能解除这种痛苦。胸中好像有一根木棒在搅动，整个胃袋一层层不规则地剧烈地起伏着，心里非常难受。有时，森成大夫看我在床铺上坐卧不宁，叫我吐吐看，我就当面将喉咙深处那些腥臭的东西吐到脸盆里。在森成大夫的关照下，痛苦大致得到了缓解。即使在这个时候，每动一动，腥臭的恶心时常贯通整个鼻官，血不断地流进肠子。

比起此种烦闷来，经过难忘的二十四日事件之后，依然活着的我，不知道如何才能寻到一块安身之地度过余生。当我知道那段平稳的岁月是我一生中最可怖、最危险的日子之后，我写了下面的诗：

圆觉曾参棒喝禅，瞎儿何处触机缘？
青山不拒庸人骨，回首九原月在天。

殿下的问候

面对稿纸，我打算写二十四日的事情。但又立即提不起劲来，还是向后压压，先回忆一下那以前的一些事。

我一回到东京，喉咙就急剧疼起来。我在火车上接到东洋城的电报，他本来应该同我一起来的，因为没赶上这班火车。按照他的意思，我要在御殿场等上一个小时同他会合。为了将那张不再使用的车票退掉，我到站长室办理手续。在那里，看到一个腰围数尺的西洋巨人，坐在椅子上频频凝视着明信片正面上的文字。我一方面对站长讲明来意，一方面对在这个想不到的地方碰到这样一个想不到的人而甚感好奇。

这时，那个大汉突然站起来，问我：

“你懂英语吗？”

“Yes.”我回答。

接着，他叫我告诉他去京都应该乘哪班火车。这问题很简单，要是平常，我会很好同他寒暄一番的。然而，我当时声音一点也不响亮，说起话来十分困难。本来有话要说，所以也很想说，谁知话一旦通过喉咙就变成千丝万缕，说出口来完全失去了光泽，几乎没起到什么作用。我借助通晓英语的车站人员，好不容易把这位大汉平安地送到京都。想起这件事，当时的不快心情至今难忘。

到达修善寺后，喉咙一直不好。我向医生要了药，用东洋城为我制作的含漱剂漱口，艰难地利用平时不大用的词儿对付过去了。当时，北白川宫殿下驾临修善寺，东洋城一直忙于那边的事务，即使住在百米以外的菊屋分馆，看样子也不大容易到我这边的旅馆来。等一切收拾妥当，已经是夜间十点多了，他这才赶来看我，站在蚊帐外面问候几句。

我现在忘记是晚上还是白天的事了。有一次，东洋城和平素一样同我见面时，突然说：

“殿下想请您去谈谈。”

我听到这个意想不到的消息，惊喜万分。但是，凭着我这副连自己听起来都感到丧气的嗓子，实在没有勇气同殿下聊天儿。再加上也没有带外褂和裙裤来。像我这种没有勋位的人，怎好妄自出现在高贵的殿下面前？对于这一点，我实在没有把握。其实，据说东洋城自己也顾忌到未曾有过先例，他本来就没有应承下来。

我的痛苦从咽喉转移到胃之后不久，东洋城因为要临时替代一个回家探望母病的人，先回东京去了。在那不久，殿下也回驾了。那个忘不掉的二十四日到来时，东洋城在对我毫不知情的状况下，又乘火车沿东海道西下。当时，他利用四五分钟的停车时间，特地从三岛给我发来一封信。这封信被我半路上丢失了，没有带到旅馆来。东洋城请假回京的当儿，一直对我的病念念不忘的殿下跟他说，要是有机会见到我，一定叫我保重身体。东洋城的信，就是为了把这份诚挚的问候特意转达给病中的我的。如今，我的喉头好了，胃也不再难过了，我应该深深感谢殿下，祝殿下贵体康宁。

洪　水

雨下个不停。后山悬崖上倒垂下来的竹丛，闪耀着青冷的光亮。几天来，我在病房里沉郁地呻吟着。人一旦安静下来，开始进入梦境的水声（流过六尺余的栏杆之处）也被雨打风吹去，全然听不到了。这时，不知打哪里，“水来了”、“水已经来了”的喊声震动着鼓膜。

名叫阿仙的女佣跑来说，昨夜桂川涨水，门前小户人家都打点好行李，说要暂时在这里寄存一下。她还顺便提起，有的地方整个房子都冲走了，家中的宝物又在哪里挖出来了。这个女佣生在伊东，嗓门大得吓人，就像站在海滩或田野里呼喊一般，真是大煞风景。大雨封闭了山中小屋，听起来就像古代故事一般真假难辨。这使我产生一种儿时阅读童话的心情，沉浸于古典的馨香之中。至于哪里的房子被水冲了，哪里挖出宝物了，这些弄不明白的事情一概不管，只是煞有介事地一味说下去。看到她那副样子，更使我增添一种兴趣，仿佛我眼下居住的温泉旅馆，远远游离于浮世，成为任何音信和传说都无法进入的山乡野店。

过不多久，这种快乐的空想开始变成了颇不如意的现实。东京寄来的信件和报纸全都湿漉漉的，为了不弄破濡湿的纸页小心翼翼打开来一看，这才看到关于都内浩大洪水的报道。其实，眼前鲜活的文字，已经闹不清是几天前发生的事了。横在眼前的是不安的未来，这些对于活一天算一天的病体，绝不是什么好的消息。半夜因胃疼而睁开眼睛，身子疼得无处放。这时，想起东京和自己之间的交通之缘断绝的情景，不得不有几分担心。我的病情会使我的回京之途变得过于艰难。而且，从东京到我这里来的道路也都冲坏了。不仅如此，东京已经遭到了水浸。我梦见我家的房屋几乎和山崖一起崩塌了，我的寄养在茅崎的孩子们被洪水冲进了大海。大雨骤降前，我给妻子发了信，信里说，这边没有好房子住，过四五天就回去。我是特意不让她知道我因病情反复而正在受苦。我也不知这封信有没有到达。想到这里，我睡了。

这时，电报来了。这封电报看来花了好长时间、费了很大周折，好不容易送到收件人手里的，并且拆封前先给你个惊吓。但是一看，内容是："这里平安无事，你那里如何？"只不过是平信加问候罢了。发报局名是"本乡"，看来是草平君代劳的。

雨依旧沛然而降。我的病逐渐朝着坏的方向发展。当时，半夜里十二点来了长途电话，我抑压着坚硬的胸脯将听筒贴在耳朵上。我约略听说知家中平安，茅崎的孩子们也平安。但其余完全不得要领，如同和大风交谈，只有嗡嗡的杂音震撼着耳鼓。这是个稀里糊涂的电话，我连对方是自己的妻子也搞不清，反复使用“您”这个敬语词儿。风雨和洪水中的东京的消息，使得日夜苦恼的我了然于眼前的，只有好不容易接到妻子来信的时候。当时忙得连坐下的空儿都没有的她，事无巨细地都写在信上了。我看到她的信深感惊讶，连自己的病也忘了。

病中梦，
梦见银河涨大水。

妻子的信

妻子的信很长，这里用不着全部引述。开头做了一些说明，她说：从东洋城那里得知我的病情后，一直放不下心。想来看护，火车又不通，实在没办法，这才想到打电话。白天里没打通，因为急不可耐想知道些情况，半夜里才又到山田夫人那里挂了长途。看来，她时时记挂着住在茅崎的孩子们的安危，十间坂那地方虽说不会遭到水淹，但万一有事，他们会直接从邮局向家中打电报的，所以特地告知我，叫我不必担心。她还写道，市内的平地大都进水，现在江户川道路到矢来派出所一带都被水淹没了，街上的人乘船往来。不过，当时看了晚到的报纸，即便没有妻子的信，大致也领略了那里的情况。整个社会同大雨洪水战斗固然令我感动，但更使我挂心的是同我关系密切的人员的消息。信里提到两个人，差点儿在此次大雨洪水中丧命。

第一条是嫁到横滨的妻妹的命运。信中写道：

"……梅子带着最小的弟弟到塔之泽的福住温泉去的时

候，福住被水浪卷走了，六十名浴客，其中十五名下落不明，生死未卜。想不出任何办法，想去横滨，火车不通，电话预约者很多，要等上一天才成……”

下面写的是，千方百计设法打电话的事情，但最后还是靠着公司的一位小伙计，徒步走到箱根去寻找，发现她像幽灵一般可怜的模样儿，把她带回家里。我读到这儿，联想起两三天之前，听到旅馆的女佣谈起什么地方房子被冲走，家里的宝物又在什么地方挖了出来。当时，我就像听民间故事一样，丝毫没有感到，这些可怕的事实会同自己发生利害上的纠葛，只当作是无头无尾的梦境，感到好玩而已。我对自己的愚昧无知甚感惊讶。同时又害怕这种愚昧无知，会给人的命运带来巨大影响。

另一条牵动我的心的是关于草平君的消息。妻子在本乡亲戚家办完事，回来时顺便到住在柳町低洼街的草平君家里看看，她走到一个地方，估摸着那里就是，站在外面向里头窥视，记忆中的房屋都坍塌得不成样子了。

“我向邻居打听，家里人都平安无事吧，他们都上哪儿去了？据木柴店的老板娘说，昨夜十二点光景，山崖崩塌了，幸好没有一个人受伤。他们告诉老板娘，暂时搬来柳町这里。谁知到柳町这里一看，水还没有退，榻榻米下面湿漉漉的，房子里没法放卧具，仅仅把东西运过来了。正说着，可怜的阿种婆子一见到我，就慌忙跑过来了……我想他们也不能做晚饭了，就订了寿司供他们作为晚饭……”

听说草平君平生最害怕山崖崩塌，尽量住在靠近外面的房间。房子坍塌时，尽管外面都平安无事，但他的面部稍微受了伤。这受伤的事也写进信里了。我读到这里，觉得受伤实在万幸。

房屋冲毁，山崖崩塌，身陷大雨和洪水中的好几万东京市民，发出凄厉的呼喊。在同样的大雨和洪水里，和我关系亲密的两个人得以幸免。可是，我对他们两个遭难的经过毫无所知，住在遥远的温泉村里，眺望着云烟和雨丝打发日子。当我得知他们二人都很安全的当儿，我的病情正朝着危险的方向行进。

问风复问风，
何木先飞叶？

裸客

下了一天的雨。晚上，病中偷闲到下边的温泉场洗浴。只见墙壁上竖着糊满裁成三尺宽细长的书写纸，于黯淡的灯光里，蓦然吸引了我的视线。我站在浴池旁，身子淋水之前，打算读一读这种带有广告意味的东西。正中央写着“业余单口相声大会”，下面是“主办者一群裸客”，场所是“于山庄”，旁边表明举办的日期。我立即猜出这群裸客是哪些人来了。所谓裸客，就是我隔壁的房客自己杜撰的怪名。昨天中午，我隔着隔扇听到他们在讨论剧中小丑的人选由谁担当，经过长时间的协商，得出的结果是：“就在那里演吧，就在那里演吧。”这种事儿本来和躺倒的我没有关系，我也不想知道。不过，我以为，这个决议无疑会给山庄的活动增添光彩。我将自己看到的浴场里贴纸上的日期，同听到那群裸客的趣向的日子两相对照，发现这次单口相声表演已经于昨天下午顺利地举行过了。细想想，不能不对这群裸客获得的成功——至少向他们的首领，我的那位邻居房客——表达祝贺之意。

这些房客五人一起住在一个房间。其中年龄最大的是一位三四十岁的男子，他和妻子、女儿一共三人。妻子是一位高雅、娴静的女子，女儿也很本分，唯独这位丈夫喜欢吵吵嚷嚷的。其余两个都是二十多岁的青年，其中一个是他们之间最爱出风头的人。

中年以后的人，不论是谁，眼前一旦回忆起自己二十一二岁时的光景，就能在各种往事中找出一些令人羞愧得直流冷汗的片断。我一边躺在他们的隔壁呻吟着，一边留意这位青年男子的言谈举止，得到一个明确的结果：他在以往二十年的生涯中，一向狂妄自大，活得很不光彩，如今依然令人生畏。

这个汉子不知出于何种需要，总是喜欢不住地大嚷大叫，宛若站在大道上发表演说。侍女一进来，他就像个百事通一样，高谈阔论，故作风雅。我在隔壁听着，既没有魅力又缺乏幽默，生编乱造（而且得意洋洋），大都是些大煞风景式的高声喊叫。不过，侍女呢，她每每听到这种谈话，总是不必要地大笑一通。这种笑既不像是发自真心，也不像是故意讨好。但那却是一种声带处于异状的可怕的狂笑。饱尝病苦的我，为此伤透了脑筋。

部分裸客住在下边客厅里，一共九人，自称是“九人帮”。他们全裸着身子，在走廊上跳舞，闹腾了一整夜。因为要上厕所，出门一看，九人帮跳累了，赤条条盘腿坐在走廊上。我从厕所来回，只得从他们挡路的屁股和大腿上跨过去。

连绵不止的雨渐渐停歇下来。驶往东京的火车稍稍开通的时候，裸客九人相约一起返回了东京。与此同时，森成医师和雪鸟君以及妻子先后从东京赶来。于是，包租了裸客们住过的房间，连同下面一间房子也一起租下来了。最后，新建的二楼四间客厅也为我所有。较为闲暇的日月里，我靠吸食鸭嘴壶里的牛奶活命。曾一度用汤匙捣通西瓜皮，请人喂我下头滴沥的红色瓜水。为纪念弘法大师[1]放焰火的晚上，我把床铺挪近走廊，躺在上面眺望初秋的天空，直到夜半。就这样，我在无意识地等待着那难忘的二十四日的到来。

胡枝子上露重重，
奄奄病体难承受。

〔1〕空海（774—835），平安初期僧人，日本真言宗开祖，号弘法大师。804年入唐学习佛法，师从惠果。工于书道，有名作《风信帖》传世。

死而复生

那天，约定杉本大夫从东京赶来给我看病。我不记得雪鸟君是几点到大仁迎接他的，我想那是普照山中的太阳尚未离开山坡的午后。我不能让照射山野的阳光离开床铺，也不能走出室外。从早到晚几乎看不到什么，之所以这样说，因为在这一时刻，实际上只能想象着眼前面对的是屋檐下剩余的一片蓝天。——我虽然在修善寺住了三个月零五天，但哪是东，哪是西，从哪一方翻山可以到伊东，从哪一方翻山就是通往下田的国道，对这些我一概搞不清楚。

杉本大夫按预定到达旅馆。在这之前，我从妻子手中接过鸭嘴壶，通过细长的玻璃口喝了一杯热牛奶。打从胃出血之后，按规定只能严格保持安静状态，吃流食。无论如何，都得这样喝下去。因为，我继续接受着这样一种疗法：尽可能让病人摄取营养，利用恢复体力的办法抑制溃疡出血。说实话，这天从早上起就食欲不振，当我看到鸭嘴壶里涨满黏稠不动的白色的东西，立即想到舌尖上即将黏附一层浓厚的牛奶的味道，未曾靠近就起了反感。当我被强迫喝下去时，只好不得已反转倾斜着细细的玻璃管，不知是热水冷水，先在舌头上试一试。等到通过咽喉之后，就会留下一股黏糊糊的浓烈的香气。为了改改口味，要了一杯冰淇淋。但那平时的爽适之感，一旦越过喉头又很快消融，胃中再次凝固似的极不稳定。两小时之后，我接受了杉本大夫的诊察。

诊察的结果出乎意外，病情不算太坏。雪鸟君平生老听森成大夫说我的病不容乐观，得到这个诊断结果，高兴之余，立即向总社拍电报告诉这一喜讯。不想诊察一小时后的黄昏时分，又突然吐血了。使人难忘的八百克的血量，迎头推翻了前面的喜讯。

一次呕出如此多量的血，从那天傍晚起经过没有阳光的深夜，再到翌日天明，其间事无巨细都留在我的记忆里了。过些时候，我读了细心的妻子记下的日记，其中写道：

> 出现nao-pin-xue（狼狈的妻子因着急，一时忘记“脑贫血”三个汉字的写法），人事不省。

读到这里，我把妻叫到枕边，详细询问了当时的情况。我本来以为我是在十分清醒的状态下接受注射的，实际上我有三十多分钟处于死亡状态。

夕暮将近，俄而胸中似乎被什么东西堵塞，憋闷之余，我对坐在床边亲切照料我的妻子，毫不留情地下命令道：

“我太热了，你往后退一退！”

就这样，我还是受不住，医生要我安静地躺着，我偏偏违反他的提醒，试着向右侧翻过身去。我未曾有过记忆的人事不省的状态，据说就是因为我由仰卧硬要转为侧卧而引起脑贫血的结果。

听说当时我喷吐而出的鲜血，猛然溅在慌忙奔向我身边的妻子的浴衣上。雪鸟君颤动着声音说：

“夫人，您可千万要挺住啊！”

据说，他直到给总社拍电报时，手依然颤抖得不能写字。医师接连不断给我打了一针又一针。后来我问森成大夫打了多少针，他说记得一共是十六针。

淋漓绛血腹中文，呕照黄昏漾绮纹。
入夜空疑身是骨，卧床如石梦寒云。

病　危

睁开眼一看，身子转向右边，搪瓷盆里吐满了黏稠的鲜血。盆是挨近枕头旁边的，血在鼻子底下看得很清楚。直到今天，那颜色并未因为氧化而变得黯淡无光。在我看来，就像白色的盆底，凝固着一团大型动物的肝脏。

这时，枕畔传来森成大夫的声音：

“给他漱漱口吧。”

我默默漱了口。本来心里很烦闷，想叫妻子离开远一些。但此时这种心情，忽然不知消失到哪里去了。

我抢先说：

“这样很好。”

搪瓷盆里吐的是鲜血还是别的什么，我一向不在乎这些。我只觉得平素堵在心头的痛苦一下子打碎了。我以平静的心情，几乎是若无其事地眼望着枕边喧嚷的场景。我的右上胸被戳进一根大针，接着注射了大量的盐水。此时注射盐水，说明身体状况多少有些危险，但我并不担心。只是讨厌水从针管头漏出来，流到肩膀上。仿佛觉得左右腕子上也接受了注射，但我已经记不清了。

我听到妻子问杉本大夫：

“这样能恢复到原来的样子吗？”

“这样的溃疡病，过去都是控制不要流血过多……”杉本大夫回答说。

这时，吊在床上的电灯摇晃起来，玻璃里一道弯曲的白光，线香青烟般地迅疾闪过。我平生第一次感受到如此强大而可怖的光的力量。尽管是一刹那，闪电进入眼眸就是这种感觉，我想。这时，突然电灯熄了，我也一时模糊了。

“强心剂！强心剂！”

我听到杉本大夫喊道。杉本大夫紧紧攥住我的手腕子。

“强心剂真管用，一针还没打完，就有反应啦。”

我听杉本大夫对森成大夫说。森成大夫只“嗯”了一声，没再说别的。然后，用纸蒙上电灯。

身旁立即静了下来。我的左右两个手腕子，不断被两位医师紧紧握住。他们两人把闭着眼睛的我夹在中间，互相交谈着（说的全是德语）。

“很弱。”

“嗯。”

“看来不行啦。”

“嗯。”

“让他见见孩子吧。”

“是啊。”

一直平静的我，立即担心起来。无论如何，我都不想死。

我的心情很畅快，绝没有赴死的必要。医师误以为我处于昏睡状态，肆无忌惮地继续交谈着。还想听下去的我，闭着眼一动不动，时时受到噩梦的侵扰。对于这种关系到自己生死的大胆的议论，作为第三者，一直躺在床上静听，这该有多么痛苦！我多少有些生气。我以为，从德义上说，还是稍微回避一下为好。我想，要是早知道他们会有这番交谈，我也应该有自己的打算——人到临死的关头，还在如此耍弄权谋，处在恢复期的我，想起那天夜里的反抗心理，暗自笑了——但是，痛苦完全消失，我又能平静保持安卧的姿势了，因而我这方面有充分的余裕。

我睁开一直紧闭的双眼，尽量用明确的语调大声说道：

“我不想会见孩子。”

杉本大夫似乎毫不介意，只轻轻应了一句：

“是吗？”

不一会儿，他要去吃完半道上停下的晚饭，走出了房间。然后，我的左右手分开，由森成大夫和雪鸟君分别握住，三人无言地熬到天亮。

守着冰冷的脉搏，
无语到天明。

生　死

强忍病疼向右翻身的我，同看到枕畔脸盆中鲜血的我，我相信这两者是连续的，没有一分的间隙。其间没有容进一根头发的余地。我感到自己一直是清醒的。但后来妻子说：

“根本不是如此，当时你死了三十分钟。”

我听了大吃一惊。孩童时代，我因为调皮，曾经昏倒过两三次，后来想想，所谓死也大体如此吧。半小时内反复经历了死，一点儿也不觉得。就这样理所当然地度过了一个月。一想到这里，心情实在不可思议。说实在的，这种经验——可否说是第一经验，还是个疑问。夹在普通经验之间丝毫不妨碍前后联系的缺乏内容的经验——我实在找不出个合适的词儿来形容它。我甚至没有觉察自己从睡眠中醒来，更没有意识到是从阴间回到阳界。轻微的羽音，远去的声响，逃遁的梦的余味，古老记忆的踪影，消泯的印象的残迹——历数一切人的神秘的表现，终于通过相仿佛的灵妙的境界。以上这些，我自然都未曾想到过。我只是在感到胸闷，头颅在枕头上向右倾斜的瞬间，一眼瞥见脸盆里殷红的鲜血。一般来说，夹杂于其中的半个小时的死，不管在时间或空间上，作为经历的记忆，对于我已经不复存在。我当时听罢妻子的说明，心想，所谓死就是这般难以捉摸吗？我深深感到，猝然闪现于头脑中的生死两面的对照，是多么急遽而果决啊！不论如何我都想不通，同样一个我，一直受到阴阳悬隔的两种现象的支配。好吧，那就让同样的我于瞬间横跨这两个世界吧。正因为这两种世界具有某种关系，所以才会使我获得了突然由甲飞向乙的自由吗？想到这里，我不能不感到有些茫然自失了。

所谓生与死，就如同缓与急，大与小、寒与暑一样，是相互对照联想而产生的一对日常用语。正如近来心理学家所倡导的那样，这两个东西也属于普通对照和同类联想的部分。假如翻过掌心，互相悬隔的“一体二象”前后颠倒，将我俘获的话，那么，我又如何能把这种“一体二象”当作同一性质的东西，找出两者之间的关系呢？

有人给我一个柿子，他叫我今天吃一半，明天吃剩下部分的一半，后天又吃其余部分的一半，天天如是。那么，总有一天，我会违背他的命令，将剩下的全部吃光；或者身体灯尽油干，再也无力将其余部分分割开来，只得拱着手徒然望着其余一片柿子。按照想象的逻辑推论下去，在这种条件下所得到的柿子，一辈子都是吃不完的。古希腊的芝诺[1]，借助患有足

〔1〕芝诺（Zeno），公元前6世纪希腊哲学家，持运动不可能论。

疾的阿喀琉斯同爬行迟缓的乌龟赛跑的故事，说明阿喀琉斯永远也追不上乌龟，其道理都是一样的。构成我生活内容的各个意识也是如此，每日每月失其一半，不知不觉之间接近死亡。要是这样的话，我们就被那种“尽管接近死但却永远死不了”的非现实逻辑愚弄了。不过，这样一来，避免了由一方纵身一跃而落入另一方的思索上的不调和，或许能毫不奇怪地、最自然地感受到由生到死的进程。俄然而死，俄然生还。不，听到人家说我生还，我只感到不寒而栗。

缥缈玄黄外，死生交谢时。寄托冥然去，我心何所之。归来觅命根。杳窅意难知，孤愁空绕梦。宛动萧瑟悲，江山秋已老。粥药鬓将衰。廓寥天尚在，高树独余枝。晚怀如此澹，风露入诗迟。

病　卧

安静的夜渐次亮了起来。随着包围房间的黑暗，离开床铺远远退去，我又照常看到枕头边人们的面孔了。那面孔是平常的面孔，我的心也是平常的心。我一身轻松躺在床上，真不知疾病跑到哪里去了。对于没有必要动一动的我来说，完全没有想到死犹在附近徘徊。睁开眼时，我只是恍如昔日梦境般地远望着昨夕的喧嚣（即使没有忘记）。死，随着黎明前的暗夜一同消退了。我如此大胆地想象着，心中没有任何挂碍，痛痛快快地将身子暴露于从障子门照射进来的朝阳之中。实际上，死欺骗了无知的我，它不知不觉潜入我的血管，随处追索着我的贫乏的血流。

“询问体况，医师说虽然很危险，但只要绝对安静，或许会有转机。”

这是妻子这天早晨日记上的一句话。后来我听说，没有一个人料到我能活到天亮。

我吐在白色搪瓷盆底的血的颜色和形态，至今依然清晰地浮现在眼前。而且，那像琼胶一般凝结的腥臭，时常萦绕于我的鼻端。我把想象中的血的分量和由此引起的衰弱加以比较，始终弄不明白，这一点出血量，怎么会如此剧烈地影响身体呢？我听说，人体的血液失去一半就会死，失去三分之一就会昏迷。我将无意中吐在妻子肩头的血的分量加在想象中的天平上，即便命运相对的一侧加重了分量，我也绝不会想到能够硬撑着勉强活了过来。

杉本大夫即将回东京（他那天一早就回东京了）。他说：原想多待些时候，但因为忙，只得失礼了。但他表示，走之前打算为我充分治疗。他换上崭新的衣领和领饰，坐在我的枕边时，我想起昨晚夜半，他穿着旅馆里短小的浴衣，悄悄打开障子门，向森成大夫问我怎么样了。我对杉本大夫只留下这点儿记忆。据说他临出门前，回头看看妻子，提醒道：

“要是再呕一次血，那就恢复无望了，你得有个心理准备。”

昨晚也确实有再次呕血的危险，随即注射吗啡制止住了。后来，我详细得知了事情的经过，这对于我来说，真是出乎意料。其实我那时心里非常沉着冷静，像平时一样，没有任何痛苦地睡到天亮。——话题扯远了。

杉本大夫一回到东京，就亲自给护士会挂电话，他要求护士会立即派两名医生到我身边来。因为他当时打电话很着急，说如果派迟了就来不及了，所以护士们也对我的生命抱着疑惑，以为即便乘火车去，恐怕也无济于事了。她们商量说，要是晚了到那里一切都来不及，那可就糟啦！——这是在我逐渐走向康复，同护士聊起我的病情时，直接从她们口中听说的。

就这样，十个人有九个对我不再抱有希望的当儿，一无所知的我，却像丢到旷野里的婴儿一般，四顾茫然。没有痛苦的生命没有给我带来任何烦闷。我只感到一种事实，那就是一直躺着，一无烦恼地活下去。这一事实就是，因为一场突如其来的疾病，我获得了周围的人们无微不至的照顾，比起健康时，深感仿佛躲开世俗的恶风，向安全地带跨进了一步。实际上，我和我的妻子住进了山里，这里没有流进来生存竞争的令人惨苦的空气。

今宵露瀼瀼，
静静卧病床。

死后的意识

我很早就预见自己会碰到妖怪，这是胆小鬼的特权。我的血液中至今大量涌流着先祖的迷信。文明的肌肉受到社会的鞭子毒打萎缩的时候，我便时常相信幽灵。然而，就像畏惧霍乱而不生霍乱的人，以及祈祷神而被神所抛弃的孩子一样，我活到今天，没有真正获得遭遇此种奇怪现象的机会。我有时会怀着一种好奇心，觉得挺遗憾的。不过平素心里总感到，碰不到妖怪倒也是当然的事。

坦白地说，八九年前，我躺在床上阅读安德鲁·朗格[1]写的《梦和幽灵》的时候，看鼻尖下的灯光也一时感到阴冷。一年前，我被《灵妙的心力》的标题所吸引，特地从外国购买了弗朗玛里奥这个人的书籍。不久前，我又读了萨·欧里

〔1〕安德鲁·朗格（1844—1912），苏格兰人类学家、童话作家。

佛·洛兹[1]《死后的生》。

死后的生！从书名看已经够奇妙的了。我们的个性保留到我们死后，能继续活动，有机会还能同地上的人对话。以研究心灵主义而闻名的玛埃尔似乎是相信这一点的。将自己的著作呈现给这位玛埃尔的洛兹，看来也具有相同的想法。至于最近出版的弗兰克[2]的译著，恐怕也是属于同一系统吧。

十九世纪中叶，德国的费希纳[3]就阐述了地球自身存在意识的道理。如果说石头、泥土和矿物有灵魂的话，那么，妨碍着这种可能的就不是它们自身。但至少从这种假定出发，人们也就自然会想象：所谓地球的意识，是一种具有怎样性质的东西呢？

我们的意识有着一条门槛般的境界线，线的下面灰暗，线的上面明亮，就像现代心理学家对于一般认识所进行的论争一样，对照我们的经验也是无懈可击的。但这些都是伴随肉体而活动的心理现象的作用，则不能认为我们黑暗中的意识就是死后的意识。

大的包含小的，虽然也要注意这些小的，但被包含的小的一方，只知道自身的存在，而对于自身周围聚合在一起的全部则麻木不仁，认为自身同它们风马牛不相及，这本是詹姆斯对意识的内容加以解析之后又结合为一体而得出的结论。与此

[1] 萨·欧里佛·洛兹（1851—1940），英国物理学家、心灵精神学家。

[2] 弗兰克（1856—1910），英国社会学家、心理学家，笃信超常现象。

[3] 古斯塔夫·费希纳（1801—1887），德国哲学家，实验心理学之祖。

相同，个人全部的意识，也包含于更大的意识中，而且孤零零的，没有意识到自身的存在。他依次类推下来所作的假定，都是有意迎合心灵主义的。

假定是人们的随意推想，有时又是研究上必要的活力。尽管我胆小地指望看到幽灵，迷信之极想做奇怪的梦，但是仅仅依靠假定，我没有信心信奉他们的学说。

物理学家计算分子的容积，断定为，不及一粒蚕种（长和高一毫米）大小的立方体的一千万分之一的三乘[1]。所谓一千万分之一的三乘，就意味着“一”下面加二十一个“〇”这么个庞大的数字。具有恣意想象权力的我们，是不大容易想象“一”以下二十一个“〇”这个数字的。

尽管生活于形而下的物质世界。——相当多的学者经过绵密的手续，所发表的数字上的结果，我们也只能凭借数理的头脑给予最大的肯定。不用说，即便是数量的大概，也关联着无法应用的心灵的现象。纵然物理学家对于分子的明确认识，有机会照亮我等内面的生活，我的心依然是我的心。只要是自己未曾经历过的，不论多么绵密的学说，都不具有支配我的能力。

我一度死去。这种死的事实，就像平生想象的那样经历过了。果然超越了时空。然而，这种超越并不意味任何能力。我，失去了我的个性，失去了我的意识。只有失去的事才是明

〔1〕“三乘”，即三个同一数字相乘，如2的三乘是8。

白的。怎样才能化作幽灵？怎样才能和比自己更大的意识冥合呢？胆小且迷信的我，对于这种不可思议的事情，只有等待他人回答。

点燃迎魂火，
穿起罗纱褂，
等待谁人到我家？

病床上的天地

使我吃惊的是身体的变化。发生骚动的第二天早晨，在某种必要的唆使下，打算将横在肋骨左右的手举到脸边来，谁知这双手仿佛换了主儿，忽然一动也不能动了。我本不愿麻烦别人，硬是撑起胳膊肘儿，从手腕子开始用力向上抬。仅仅抬了几寸的距离，在空中划了短短的弧线。这努力所费的时间已经不寻常了。我缺乏利用渐渐涌上来的劲头儿，继续上抬的耐力，因而中途断念，又想把膀子放回原来的位置。但这也不是那么容易的事。当然，只要放宽心，只管听任自然的重量照旧倒下来好了。然而，想到这倒下的震动，真不知会如何震动全身，心中非常害怕，终于没敢这么做。我意识到这既不能放下又不能抬起，也不能一直支在半空里的膀子，实在是一筹莫展。渐渐地引起旁边人的注意，随即用自己的手抓起我的手，毫不费力地送到我的脸边来。他回去时，又把我的两只手一起放回床铺上。此时，我自己真是难以想象，我怎么会变得这般空虚乏力呢？后来想想，那极度的呕血，就像炸瘪的气球，跑光了气，气球外皮也“咻”地一声，随即缩成了一团儿。我断定，这是呕血对身体的影响所致。尽管如此，气球也只是萎缩。不幸的是，我的皮除了血液之外，还包裹着许多大而且长的骨头。这些骨头——

我出生以来，从未像现在这样感到自己的骨头如此坚硬。那天早晨，醒过来的第一个记忆，其实就是浑身骨节剧烈的疼痛。那种疼痛犹如夜间酗酒，同众多的人打群架，最后被他们打得落花流水，手足失灵，麻木不觉了。我想，放在衣砧上捣过的布也不过如此吧。如果为这种不堪收拾的状态，寻找一个合适的形容词的话，那就只有一个下等社会所用的词儿——“揍趴下了”。稍微挪动一下身子，关节就剧痛难忍。

昨天，一直用被褥隔开的我的逼仄的天地，又立即变得更加逼仄了。如今，我失去了挣脱出部分被褥的能力。所以，直到昨天还觉得狭窄的被褥，显得更加宽大起来。同我的世界相接处的几个支点，至今只有肩膀、脊背和细长双腿的脚后跟。——不用说，头是搁在枕头上的。

即使住在这般局促的世界，再也不允许出现昨夜那种情况了，身边的人大概也在暗暗注意着我。对于一个完全失去辨别能力的人，这是很可怜的。只有身子接触的被褥才是属于自己的世界，这种触点丝毫没有变化。因此，我同世界的关系非常单纯。完全是static（静寂）的，因而也是安全的。就像长眠于铺着棉花的棺材里，脱不出自己的棺材，也不会袭击别人的棺材。这是一副亡者的心情——假如亡者有心情的话——这时我的心情与此没有什么距离。

过了一会儿，脑袋开始麻痹。腰部仿佛只有骨头顶在木板上的感觉。两腿沉重。就这样，我由危险的社会中被安全地保护出来，在我一个人的狭窄的天地，也还得忍受相应的苦楚。而且，我没有能力逃脱出痛苦一寸之外。我没有注意坐在枕边的是什么人，又是如何坐着的。那些守护着我的人，占据着我的视线所达不到的一侧，他们对于我来说，如同神灵一般。

我一直仰面躺在这个安静而痛苦多多的小世界上，时时扫视着那些身体所不能到达的地方。我每每盯着天花板上长长垂挂下来的冰袋的系子，这根系子同冰冷的冰袋一起，在我的胃部一阵阵有节奏地跳动。

早晨的寒冷呵，
撼不动鲜活的骨头。

情　谊

我无法形容我此时的心境。

拼力气的相扑比赛，四体相搏，势均力敌之时，对峙于土台正中的他们的姿影，显得格外沉着冷静。然而，肚子却不断上下缩动，如巨浪翻滚，脊背上奔流着好几条灼热的汗水。

看起来，这是他们最安全的姿势，是通过此种波浪和此种汗水所作的努力的结果。静止状态，只是血骨相克，暂时获得平衡的象征，可以说是互杀的和平。为了维持这二三十秒的现状，他们具有何等的气魄，付出多么大的消耗啊！观众看到这一点，才会泛起残酷的联想。

作为一种为生计而奔波的动物，人们从生存这一点上看，正如相扑一般艰苦。我等作为和平家庭的主人，至少要为我等与我等妻儿的丰衣足食，甘于类似相扑赛场的紧张环境之中，每天都要在自己和时世之间努力寻出互杀的和平来。假如到户外用镜子照照自己的笑脸，并从笑里找出充满杀伐之气的自我；假如想到伴随此笑而来的、可怖的肚腹的波浪和脊背的汗水；假如像回向院[1]大力士一样，在相扑比赛中不指望一分钟内获胜，而是终生奋战，坚持到底，那么，我等的神经将陷于极度衰弱之中。为了消耗我们的精力，我们还是想日复一日、月复一月地继续存活下去。

但从自我生存和发展的立场上遥望，整个世界都是敌人。自然是公平而冷酷的敌人，社会是不正而有情的敌人。假如将彼对我的观点引入极端，那么在某种意义上，朋友也是敌人，妻子也是敌人。就连有着这种想法的自己，一天之中也数度成为自己的敌人。一边继续进行着疲惫而无休止的战斗；一边茕然孑立于其中独自老去。看来，只能作出这种悲惨的评价。

“不要老是重复着陈腐的牢骚。”屡屡听到这样的呼声，现在也能听到。之所以对此置若罔闻，依然重复着陈腐的牢骚，并非只因为有这样切实的感觉，同时也因为疾病迅速推翻这种切实的感觉的原故。

吐血的我，和在土台上颠仆的力士相同，既没有为自活而战斗的勇气，也没有不战即死的意识。我只是仰卧着，苟延残喘，远远望着恐怖的人世。疾病像屏风一般包围着我的床铺，温暖着我的冰冷的心。

以往，我必须拍手我的女佣才会露面。有事要求人，不管如何焦虑，还是有好多事办不成。这回病了，情况全变了。我躺着，只管默默地躺着。于是，医生来了。报社职员来了。妻

〔1〕东京都墨田真言宗的一座寺院。1781年，回向院为筹集修缮经费而举行相扑比赛，是为今日大相扑比赛之源头。

子来了。照料我的两个护士来了。他们都不是遵照我的意志，而是主动来的。

“安心疗养。”

吐血后第二天，满洲来了电报。意想不到的知己和朋友，相继来到枕边问候。有的来自鹿儿岛，有的来自山形，还有的延长了即将迫近的婚期。我问他们是怎么来的，他们说是从报纸上得知我生病的消息。仰卧着的我，眼睛看着天花板，心想，世上的人都比自己亲切。自己住厌了的世界，忽而又春风骀荡。

一个四十多岁的男子，一个即将被自然淘汰的人，一个未曾有过如此过去的人，繁忙的世界却花很多时间为他忙碌，对他寄予热情和关爱，这是做梦都没有想到的事。我于疾病之中生还，同时也于心灵之中生还。我感谢疾病，感谢这些为我不惜投入时间和热情的人们。我愿意做这样一个善良的人。我从心里发誓，我要把那些毁掉自己幸福思维的人，看作永恒的敌人。

马上青年老，镜中白发新。
幸生天子国，愿作太平民。

疾病的幽趣

作为超越屠格涅夫的艺术家，陀思妥耶夫斯基又进一步赢得各界人民的尊敬。众所周知，他孩童时代得过癫痫病。我们日本人一听说癫痫，立即联想到口吐白沫，但在西洋自古称作“神圣之疾”。陀思妥耶夫斯基染上这种“神圣之疾”时，也许是稍早些时候，便受到一种微妙的快感的支配。这种快感对于普通人来说，只有欣赏一场大型音乐会才可获得。据闻，这是在自己和外界实现圆满调和的境地，从天体之一端，双足滑落进无限空间的心情。

未曾罹患“神圣之疾”的我，直到现在这般年纪，未曾有过于一瞬间捕捉到这种情趣的记忆。大量呕血后的五六天——于将要经过又尚未经过之际，时时陷入一种精神状态之中。接着，每天重复出现同样的状态，终于在来临之前有所预感。我暗暗想象着同自己缘分甚远的陀思妥耶夫斯基所享受的不可理解的欢乐。我之所以能够想象，那是因为我的精神状态已经飞越寻常。德·昆西[1]所细加描述的令人惊奇的鸦片的世界，浮现于我的脑海。但是，他的足可使得读者眩惑的妖艳的叙述，是由暗淡无光的可鄙的原料经过加工而产生的。一想到这里，就立即不愿用它同自己的精神状态相比较了。

我当时充分体验到同别人谈话的烦躁。变成声音在耳畔震响的空气之波，传到心里，更加搅乱了平静的心情。想起“沉默是金”这句古老的谚语，只是仰面躺着。幸好房间的庇檐和对面三楼屋脊之间，可以看到一带蓝天。眼下这个时节，这片天空经秋露洗涤，次第变得高爽了。我每天都默默凝视着这片天空。这没有任何事、又没有任何物的太空，将倾斜着的宁静的影子，悉数映入我的心中。于是，我心中也没有任何事、没有任何物了。透明的两种东西紧紧贴合在一起，共同留给自己的，是一种可以用“缥缈”加以形容的心情。

体内心灵的一隅，不知何时笼罩起一层薄雾，照耀着这块地方的意识的色彩微弱了。轻纱般的烟霭，千万遍静静地向四面八方扩展开去。于是，总体的意识随处变得稀薄了。它再也不像普通的梦境那样浓烈，也不像寻常的自觉混作一团。它也不是纵横其间的重叠的影像。要说灵魂出窍，已经有了语病。这是灵魂到达纤细神经的末端，使得泥捏的肉体的内脏，轻轻地、远远地游离于官能实感的状态。我清醒地知道，我的周围正在发生什么事。同时，我也知道我所认识到的是一种窈

[1] 托马斯·德·昆西（1785—1859），英国批评家、作家。代表作有《鸦片鬼的告白》等。

窕的、没有土味的特别的东西。就像地板下边流水萦绕，榻榻米自动浮起一般，我的心同自己的身体一起，从被褥里漂起来了。更确切地说，接触着腰、肩和头颅的坚硬的被褥，不知到哪儿去了，但心和身体却安然漂浮于原来的位置。发作前产生的陀思妥耶夫斯基式的欢欣，据说有着这样的性质：为了赢得这一瞬间，需要赌上十年乃至整个生命。我的这一瞬间并不十分强烈，生活的全部，倒是轻巧而深刻地印上了恍惚而幽邃的趣味。因而，我未曾感受过陀思妥耶夫斯基那种因忧郁而引起的反作用。我从早晨开始屡次进入此种状态，过午依然情趣荡漾，余味无穷。每当一觉醒来，总是快乐满怀，感到无比幸福。

陀思妥耶夫斯基所享有的境界，乃是他生理上即将患病的预兆。我的淡化半条生命的兴致，或许是单单贫血的结果。

仰卧人如哑，默然见大空。
大空云不动，终日杳相同。

陀思妥耶夫斯基

还是这位陀思妥耶夫斯基，是个从死亡门口被拉回来，同时也是自动转身回头的幸运儿。但是，将他的性命推向危险边缘的灾难，并非像我一样罹患恶病，而是变成一名他人所制造的“法”这个器械的敌人，猝然戳穿了他的心脏。

他在他的俱乐部谈论时事，高喊道：不得已只有革命。就这样，他被囚禁了。在牢里沐浴了八个月薄暗的日光之后，他被拉到蓝天之下，站立在新设的刑坛之上。他为了接受对自己的控告，于二十一度的霜天，光裸着身子，只穿一件衬衫，等待宣判的终结。突然，一句“执行枪决”的宣告震动着鼓膜。他不相信自己的耳朵，问站在旁边的囚犯：“真的要被杀吗？”——白色的手绢挥动了，士兵将瞄准的枪口放低下来。就这样，陀思妥耶夫斯基躲过了吞下法律所团捏的浑圆而灼热的弹丸，代之而来的是，在西伯利亚荒野，度过四年流放的日月。

他的心从生走向死，又从死回到生，不到一小时，三度描画构成锐角的曲线。三段曲线都是由不容许妥协的强烈的角度连接在一起的，每一次改变都是惊心动魄的经历。一个坚信生存下去的人，突然在五分钟之内被宣判处死。此时，决定要死了，他仍然利用这五分钟生命，一边迎接即将到来的死；一边意识到四分、三分、两分地进行下去。这当儿，将要到来的死突然翻个跟头，重新变成了生。——这种时候，我想，像我这种神经质的人，即使是三段转折的一面，我也是经受不起的。当时，有一位和陀思妥耶夫斯基相同命运的囚犯，当场就疯了。

尽管如此，走向恢复的我，躺在病床上，每每想起陀思妥耶夫斯基的事，眼前尤其浮现出他从死亡宣判中苏醒过来的最后一幕。——凛冽的晴空，崭新的刑坛，站立在刑坛上的他的身影，——只穿一件衬衫的身影……这一切都鲜明地辉映于想象的明镜之中。唯独那终于弄明白免于死刑后的瞬间的惊愕的表情，却无法清晰地映现出来。而我只想看到他那“瞬间的惊愕”，所以才将心中的整个画面组合起来的。

我想陷于自然之手而死去。其实，已经死了一会儿。后来唤回当时的记忆，依然处处存留着洞穴，等待妻子的叙述加以填补之后，这才获得整体的构图。回头一看，一种栗然惊悚的感觉，使我不能自已。

对比如此的恐惧，于九仞之巅挽生命于一篑之喜悦，又有着特别的意义。伴随着此生此死的惊恐与欢欣，犹如一张纸正反两面相重合。鉴于此，我在产生联想的时候，经常回忆起陀思妥耶夫斯基。

“假如缺少最后一节，我绝不会保持镇静。”他自己说。

我有幸没有经受到发疯时那种精神的紧张，或许我未能料到他的惊恐和喜悦，这样说也许更恰当。正因为如此，假如是这样，那种画龙点睛般刹那之间精彩的表情，不管如何想象，在我眼前只能是朦胧一片。在感应命运的一擒一纵这一点上，陀斯妥耶夫斯基和我，犹如诗和散文的不同。

尽管如此，我依然每每不断地想起陀思妥耶夫斯基来，依然执拗地回忆着那凛冽的晴空，崭新的刑坛，站立在刑坛上的他的身影，只穿一件衬衫的身影，以及颤抖的躯体。

如今，这面想象的镜子不知不觉变得模糊了。同时，生还的喜悦也日渐离我而远去了。假如那种喜悦始终留在个人身边——那么，陀思妥耶夫斯基这个人，对于自己的幸福，一生都不会忘记感谢的。

白衣护士

我迷迷糊糊，不知不觉进入梦乡。这时，鲤鱼的泼剌声将我惊醒。我居住的二楼客厅下面，紧连着中庭的水池，饲养好多鲤鱼。这些鲤鱼每隔五分钟必定“噼啪”地击打水面，发出宏大的音响。白天里声声入耳，夜间尤甚。隔壁的房间，下面的浴场，对过的三楼，后山……尽皆寂悄无声，我每每被这种水声惊醒。

英语中有个词儿叫“狗打盹儿”[1]，我忘记是何时学到的了。“狗打盹儿”的真正意味，我正是这时才实地体验到的。这个“狗打盹儿”弄得我彻夜苦恼。刚刚好不容易即将入睡，马上醒来，空中还没有泛白，一次次等待着天亮。一个捆绑在床铺上的人，于岑寂的夜半，独自感到活着的时间格外漫

〔1〕英语：dog-sleep。

长。——鲤鱼激烈地跳跃，用尾巴重击自己搅起的水波，发出的声响将我惊醒。

室内依然点着电灯，灯光比夕暮还要昏暗。吊在天花板上的灯泡儿，严严实实裹着一层黑布。暗弱的光线透过布缝儿，微微照射着八铺席的房间。黯淡的灯影下坐着两位身着白衣的人。两人都沉默不语，一动不动。两人将手搭在膝头，互相肩并肩，寂然无声。

看到黑布包裹的灯泡儿，我想起黑纱卷着金箔的吊旗的端头。这种同丧章有关的球体中发出的光线，薄薄照耀下的白衣护士，于沉静的一点上，美好行仪的一点上，看起来像幼小的幽灵。这些幽灵的雏儿，每有必要，就无言地动一动。

我既不出声，也不呼喊。尽管如此，我所躺卧的位置，只要稍微有些变化，她们肯定就要动一下。只要我在毛毯里缩一下手，或者稍稍从右向左摇晃一下肩头，在枕头上蹭一蹭头皮——每当醒来，头颅必定发麻，或者因为麻痹才醒过来——或者腿脚。腿脚是决定睡眠的要因。平生的癖好是将一只脚叠放在另一只脚上，一觉睡去，下面一只脚的骨头，就像压着一块腌菜石，剧烈的疼痛使人梦醒。于是，我必须强忍剧疼和沉重改换一下脚的位置——所有这些状况，白衣人都必定随着我的变化而动。也有的时候，她们预想到我的动作，主动采取行动。有时，我的手足和脑袋都不动，一旦睡醒了，突然睁开眼来。白衣人便立即来到我的眼前。在我来说，一点儿都不了解白衣女郎的心情，然而白衣女郎却能洞悉我的心情。就这样，她们如影随形地变化着，应声而动地工作着。黑布缝隙漏泄的黯淡的灯影下边，一身洁白衣裳的女郎，抢在我的肉体的先头，悄无声息，规规矩矩，随着我的心情而动，令人感到惊恐。

我怀着恐惧的心情睁开眼来，茫然凝望着映入眸子的室内天花板。接着，我又望着黑布包裹的灯泡儿，以及布缝漏泄的灯光照耀下的白衣女郎，于朦胧之中，白衣人动了，她们向我走来。

秋风鸣万木，山雨撼高楼。
病骨棱如剑，一灯青欲愁。

我们的社会

我活在人情淡薄的社会，感到自己十分尴尬。

人们对自己尽到相应的义务，这当然很难得。但所谓义务，即是忠实于工作的意思，根本不是针对以人为对象的语言。因此，我沉浸于义务的结果中，固然感到庆幸，但对于完成义务的对方，很难产生感谢的念头。要是出于好意，对方的一举一动皆以我为目的而动，因此，这一举一动尽皆适应我这个活物。这里有相互联动的热线，使得机械的世界变得更加可靠。较之乘坐电车瞬间跑过一个区域，被人背负着渡过浅滩更具有人情味儿。

一个没有人老老实实尽义务的社会，一个连自己的义务都不肯尽的社会，要求存在如此的豪奢，未免太过分了。虽然明知如此，但我还是感到活在人情淡薄的社会中，自己确实太尴尬了。——有人在文章里写道：世道太艰辛，凭着节约自用车的品格，将自己的良心典当。典当良心，只能求得一时的融通。如今的大多数，甚至连具有应该典当的好意的人都很少了。不论花多大工夫，都别想获得这种好意。虽然觉悟到这一点，但活在人情淡薄的社会，依然觉得自己很拙笨。

当今的青年，提笔作文，开口讲话，动辄均以“自我的主张”为根本。整个社会到处充满这种语言，整个社会都在如此虐待青年。假如正面接受“自我的主张”，颇多可憎；但如今的世界，有人迫使他们肆无忌惮地实行“自我的主张”。尤其是当今的经济事业。“自我之主张”的内里，类似自缢和献身，其中包含着悲惨的烦闷。尼采是个懦弱的人、多病的人，又是个孤独的书生。查拉图斯特拉这样呼喊。〔1〕

虽然这么解释，但我活在人情淡薄的社会，依然觉得自己很尴尬。尽管自己继续以尴尬对待他人，我还是感到别扭。因而，我病了。病重期间，我竟然忘记了尴尬。

护士在杯子里盛了五十克粥，掺上鲷鱼酱，一勺一勺送到我的嘴边。此时我的心情，就是一只小麻雀，或者一只小鸟。随着疾病的远离，医生平均每隔五天，为我制作一份食谱。有时制作三种到四种，比较一番，选择最适合病人的一种，其余作废。

医师是职业，护士也是职业。既收取红包，也接受报酬，当然不会白白地服务。如果以为他们单为金钱而忠实地履行义

〔1〕琐罗亚斯德（约前628—约前551），波斯人，琐罗亚斯德教（拜火教）的创始者。琐罗亚斯德是波斯原名查拉图斯特拉的希腊语译名。德国哲学家尼采有代表作《查拉图斯特拉如是说》一书，借查拉图斯特拉之口喊出：上帝死了，让超人出现。宣扬自由主义人性说。

务，那实在太机械、太空泛了。但是，他们所尽的义务中，融进了一半好意。这种好意通过病人的观察，真不知是何等尊贵啊！由于他们带来的一点儿好意，病人迅速活过来了。我当时这样一解释，独自很高兴。听了我这种解释的医师和护士，看来也很高兴。

大人和孩子不同，他们能分辨出一件东西是由十条或二十条花纹组成的。他们很少恣意吸收作为生活基础的纯洁的感情。一生中究竟有过几次真正的欢乐、真正的幸运、真正的尊严呢？算起来寥寥无几。尽管不很纯洁，但当时为自己增添活力的这种感情，我还是愿意长期完好地保存在心中。我很害怕这种感情不久单单变成一片记忆。——因为，我深感活在人情淡薄的社会，自己太尴尬了。

天下自多事，被吹天下风。
高秋悲鬓白，衰病梦颜红。
送鸟天无尽，看云道不穷。
残存吾骨贵，慎勿妄磨砻。

我和画

孩童时代，家里有五六十幅画，我在各种场合见过，有时在壁龛前，有时在库房里，也有时拿出来晒太阳。我喜欢独自一人蹲在挂轴前边，默默度着时光。直到现在，较之观看那些打翻玩具箱般的色彩缭乱的戏剧，还是面对自己可意的绘画更令人赏心悦目。

绘画中还是彩色的南画〔1〕最有趣，可惜我家的藏画里，这样的南画很少。一个小孩子，自然不懂得画的巧拙，不过从好恶上来说，在构图上，我喜欢那种自己偏爱的天然色彩和造型。

我没有机会培养自己的鉴赏能力，兴趣上也没有经受过新的改变。虽然有因爱山水而爱画之弊，但还不至于犯以名论画之讥。正好在喜好绘画的同时，我也喜好诗了。不论出于哪位

〔1〕即中国文人画，又称南宗画。江户时代传入日本，以池大雅、与谢芜村等为代表。

大家之手，不论多么吃透那个时代的精神，对于自己所不满意的作品，我一概不予置理（我将汉诗按内容一分为三：三分爱，三分弃，剩下的三分不具好恶之心）。

有时面对着一座房舍，背依浑圆的青山，春光灿烂的庭院里种着梅花，小河从柴门前经过，环绕着墙根缓缓流淌。——这房子当然是画在绢子上的。

于是，我就对身边的朋友说：

“要是能住在这样的地方该多好！哪怕一生中有一次也甘心。”

朋友直盯着我那一脸认真的表情，关切地答道：

“你知道，住在这种地方，有多么不方便吗？”这位朋友是岩手县人，他说得很有道理，这才感到自己的迂阔。我很惭愧，同时又怪罪这位颇讲实际的朋友，是他给自己的风流之心抹黑。

这是二十四五年前的事了。在这段时间里，我也不得不像那位岩手的朋友一样，逐渐按实际办事了。走下山崖到溪谷里汲水，不如将水管子接到厨房里。然而，类似南画的一番心情，时时袭入梦境。尤其是卧病之后，胸中不断浮现着美丽的云彩和蓝天。

这时候，小宫君寄来一张印有歌磨的锦绘的明信片。我注视着长期令我神往的色彩和闲寂的笔触，久久不愿将视线移开。蓦然翻看一下背面，上面的文字说：真想做这样的画中人而活着什么的。这和当时自己的情调似是而非，所以我就请身边的人回信时这样作答：我厌恶这类风骚的男子，我只喜爱和暖的秋色及其酿造出的自然的温馨。然而，小宫君这回亲自坐到枕畔，竟然对着我这个病人搬出一套陈腐的观点，说什么他也喜爱自然，但必须是为人物作背景的自然。

于是，我抓住他大骂：

“你这个半吊子！”

——看，病中的我依然如此怀恋自然。

碧空一色，澄澈无底。高高的太阳照耀着蓝蓝的苍穹，浩渺无边。我从这片承受着阳光的大地上，独自深深地感到无处不在的融融暖意。我看到眼前一群群无数的红蜻蜓。我在日记里写着：

“人不如天，言不如默……飞临肩头的多情的红蜻蜓啊！”

这是回到东京以后的景色。回京后不久，不断有美丽的自然绘画吸引着我，就像孩童时代一样。

秋露下南磵，黄花粲照颜。

欲行沿涧远，却得与云还。

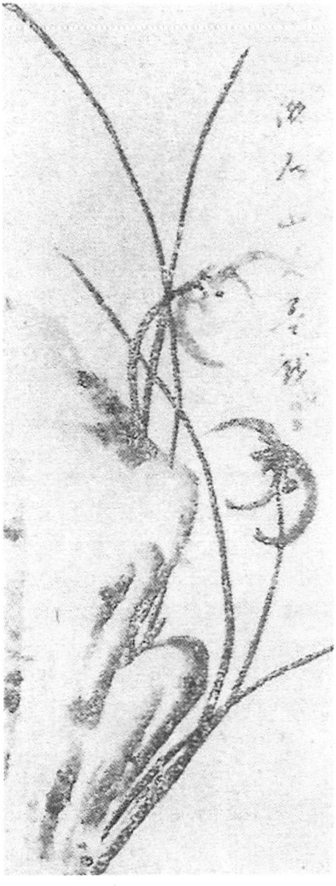

《漱石山人墨戏》

孩子们

“孩子们来了，你看看吧。”妻把嘴凑近我的耳边说。我无力移动身子，依然保持原来的姿势，只把视线转向那里。孩子们坐在离枕头六尺远的地方。

我躺的这八铺席的房间里有一个壁龛，位于我的脚边。我的枕头有一半塞在相邻两间房的隔扇之间。我从左右敞开的隔扇缝里，看着坐在门槛旁的我的孩子们。

隔着房子瞧着头上方的人，这种不自然的视线颇为费力，因而觉得坐在那里的孩子们仿佛十分遥远。那段不远也不近的距离，勉强一瞥之下，映入我眼眸的面孔，与其说相见了，莫如说望到了。仅此一瞥，我没有再看孩子一眼。我的眼睛又回复到自然的角度。然而，我的短暂的一瞥看到了所有的一切。

孩子一共三人，十二岁、十岁、八岁，长幼有序地并排坐在相邻房间的正中央。三个都是女孩子。孩子们为了未来的健康，遵照父母之命，在茅崎度过一个夏天，兄弟姐妹五人到昨天为止，一直在海边游荡。接到父亲病危的消息之后，在亲戚的陪伴下，特地离开细沙深深的小松原，赶来修善寺探病。

她们小小年纪，还不知道“病危”意味着什么。她们听说过“死”这个字，但幼小的头脑深处还没有印上“死”的恐怖的阴影。她们很难想象，被死神捕捉到的父亲的身体，今后将有怎样的变化。她们当然也不会想到，父亲死后，自己的命运会有怎样的结果。她们只是被人领着，乘坐火车来到父亲远游之地探望父病。

她们的脸上丝毫没有此次或许是最后一面的悲愁。她们只有超出父女诀别之上的天真无邪的表情。她们三人于各色人等之中，并列坐在特别的席位上，严肃的空气，繁缛的礼仪，似乎使孩子们感到十分拘谨。

我仅仅用力向她们一瞥。让这些不懂得死为何物的可怜的幼小者们，从遥远的地方赶来，坐到枕边，我反而以为这太残酷了。我吩咐妻子，孩子们大老远地赶来，就让她们看看这里的景物吧。如果当时我想到可能是父女们的最后一面，那么，我也许会再好好望她们一眼。但是，医师和身边的人都对我的病抱着危险的心理，唯独我自己不曾感到自己的病究竟到了何种程度。

孩子们很快回东京了。过了一周光景，他们各自写来慰问信，装在一个信封里，寄到我所寄住的旅馆。十二岁的笔子用夹着汉字的不很正规的敬体文写道：

祖母不论刮风下雨天天到庙里烧百日香，祈求父亲的病尽早康复。高田的伯母也去一个地方参拜神社。阿房、阿清和梅子三个，每天给猫墓上坟、献花，祈祷父亲早日

漱石先生水彩画《儿童图》

恢复健康。

十岁的恒子刚上高小。八岁的荣子完全是用楷书字母写的，填上汉字就更好读了：

父亲的病怎么样了？我们都生活得很好，请放心。父亲不要挂念我，请尽快养好病，早早回家来。我每天都去上学，从来不旷课。代问母亲好。

我躺着，从日记上撕掉一页纸，写道："我们不在家，好好听祖母的话，马上给你们买些礼物寄去。"写好之后，立即叫妻子去投递。我回东京之后，孩子们都像平时一样玩耍。修善寺时的礼物也都破旧了吧？她们长大之后假若有机会读到父亲的这封信，将会有何感觉呢？

伤心秋已到，呕血骨犹存。
病起期何日，夕阳还一村。

漱石临摹画《赶鹅的少女》

病　馋

五十克的分量只抵日本的两勺半，身子每天仅仅靠这么点儿饮料维持下去。一想到这个，自己感到既可悲又可爱，同时也很傻。

我恭恭敬敬喝下五十克葛粉汤。左右两只膀子，早晚接受两次注射。两只膀子都布满了针眼儿。今天，医师问我打哪边，我说哪边都不想打。他把药液溶在小钵子里，然后吸入针管，仔细擦拭针头。医师做注射准备时，我望着针尖儿冒出细细的药水泡儿，甚是好看，也很开心，谁知针尖儿一下子戳进膀子，灌进药水的那地方，疼得实在不堪忍受。我问那满管子的茶褐色的液体是什么，森成大夫回答时不知道说的是苯贝隆还是苯麦隆。他毫不客气地把我的膀子扎得很疼。

过了些时候，一日两次的注射减少了一次，余下的一次不久也停止了。于是，逐渐增加了葛粉汤的分量。同时，嘴里也开始特别发黏了。必须用清爽的饮料，不断冲洗舌头、两腮以及喉咙。我向医师索要冰块，医师担心坚硬的冰块滑进胃里会出危险。我望着天花板，回想起二十岁身患腹膜炎的往昔。当时受疾病限制，禁食一切饮料，就连用冷水含漱的自由，也要获得医师的准许。于是，我一小时之内多次要求含漱，人不知鬼不觉，一点点把水咽进肚子。这才好容易缓和了焦灼的口渴。

我没有勇气故伎重演，只好将润喉的冰块用牙咬碎后，再老老实实吐出来。代之而来的是，我请求每天给我喝上几次碳酸水〔1〕。当听到那水“咕嘟咕嘟”地由食道进入胃袋之后，心情格外畅快。然而，一旦进入咽喉，立即就想喝下一口了。当时夜间，我经常请护士给我盛满一玻璃杯碳酸水，至今我还记得，喝起那水来比什么都甜！

逐渐地不再焦渴了。然而，比焦渴更可怕的饥饿又搅得肚子不得安宁。我躺在床上，凭想象自做几道美味佳肴，摆在眼前自我取乐。不光如此，我还想象着按一种菜谱制作好几份，招待多数的朋友。现在想想，虽说一般而令人爱吃的东西一样也没有了。就连我自己，眼前所浮现的也尽是一些难以下咽的饭菜。

森成大夫说我大概厌恶了葛粉汤，特地从东京订购来大米要给我做稠米汤吃。此时，我有生第一次听说喝米汤，心中充满期待。可是，喝了一口才知不是味道，一阵惊奇的我再也不敢亲近这种稠米汤了。倒是吃到一块饼干时的惊喜一直没有忘

〔1〕原文作平野水，兵库县平野温泉出产的天然水。

记。为此，我特地派护士到医师办公室去道谢。

不久，答应吃粥了。粥的美味只冰冷地留在记忆里，实感如何今天却回忆不起来了。不过，当时确实吃得很香，使我怀疑世上怎么会有这样好吃的东西。后来，有了燕麦片、苏打饼干，我都很感兴趣。于是，我每天都琢磨着如何才能多吃一些，而且向森成大夫提出来。森成大夫很怕到我病床前来。东君特地跑到妻子那里，说什么先生看起来，那表情一本正经，但却像小孩子一样整天要吃的，实在好笑。

喷香米粥进肠肚，赛过春雨润田畴。

艺术和职业

倭铿[1]是主张直面所谓“精神生活”的学者。按学者的习惯，在提倡自己的学说之前，他感到有必要打破其他所有的“主义”。为了刷新自己的所谓精神生活，他准备对于给现代生活带来影响的原本的主义稍加非难。无论是自然主义，还是社会主义，他都没有放过。一切主义在他眼中，犹如失去存在的权利的时候，他才开始拈出“精神生活”这四个字。于是，他连连呼喊，精神生活的特色就是自由，就是自由。

若要问他，所谓自由的精神生活究竟是怎样的生活，他绝回答不出个所以然来，而只会花言巧语摆出许多大道理。他能把艰深的道理讲得蜿蜒曲折，云山雾罩。这或许是作为学者的一种本领，然而，一旦陷入他的圈套的局外人，却茫然不知底

〔1〕倭铿（1846–1926），德国哲学家，1908年诺贝尔文学奖获得者。著作有《大思想家的人生观》《生活的意义与价值》和《精神生活漫笔》等。

里了。

暂时将哲学家的语言用平民的语言加以解释，倭铿的所谓自由的精神生活，不就是这样的吗？——我们为普通的衣食而劳作。为了衣食的工作是消极的。换言之，其中包含不许自己选择好坏的强制性的苦恼。这种由外部施加压力的工作，不可命之为精神生活。苟欲获得精神的生活，则必须是主动积极地向着无义务之处进取的人。不受约束，凭着一己之意志，自由地营造生活。

这样一解释，在评价他的精神生活时，无论谁都不会加以贬低。孔德[1]将倦怠看作促进社会进步的原因。不到极度倦怠而寻找工作，不如先使内心难以压抑的东西盘结凝聚，形成按捺不住的活力，顺自然之势而描画出生命的波动。应该说，这才是实际上行之有效的生存方法。可以说，舞蹈、音乐和诗歌，一切艺术的价值都在于此。

然而，至于盘踞在学者倭铿头脑中的精神生活，是否存在于现实世界，这自然又是另外的问题。想象一下倭铿本人是否过着纯粹无瑕的自由的精神生活，不就了然于心了吗？在无间断地寄身于此种生活之前，吾人至少应该早些做个无职业的游民。

豆腐店碰到高兴的早晨才推磨，心中没兴趣绝不会磨豆腐。这样，生意也做不起来。进一步说，豆腐只卖给自己喜欢

〔1〕奥古斯特·孔德（1798—1857），“孔德”旧一译“喀谟德”，是法国著名的哲学家，社会学、实证主义的创始人。

的人，不喜欢的顾客一律谢绝，这样也做不成生意。所有的职业，为了成为一种职业，必须在店头燃亮一盏公平的灯火。公平这个美好的德义上的词儿，若从内面加以解释，只不过是具有器械的丑恶本体罢了。发车和到站一分不差的火车的生活，同所谓精神的生活，必须具有真正位于两极的性质。这样一来，普通的人们十之八九处于这两端之间，或七分之三，或六分之四，交互寻求既适合于自己、又适合于社会（即忠实于职业）的生活。这是天经地义的事，是人生的常态。那些爱好艺术的人，即便以美好的艺术为职业，那么，一旦艺术变成职业的瞬间，真正的精神生活已经遭到玷污，这是当然的事。作为艺术家的他，本该忠于自己的心性，凭自然产生的兴趣创造作品；然而相反，作为职业家的他，必须公开生产那些受到好评、卖价高昂的商品。

由于个人性格和教养不同而缺乏灵活性的倭铿，他的所谓自由的精神生活，从现今的社会组织上看，其应用范围竟然变得如此狭窄。他像推行那些大的主义一样进行说教，企图在一般民众中宣传自己的主张，但我不妨给予严酷的评价：作为学者的通弊，他犯了同样的毛病。不过，他唤起了和我同属一类的人的注意，具有充分的直刺心灵的力量。因为，像我这样的人，偶尔爱好文艺，同时又避忌职业性的文艺。遭遇大患的我，自打成为给父母带来麻烦的孩子以来，相隔很久又得以沐浴在精神生活的阳光里了。然而，仅仅是一两个月的时间。随着疾病的治愈，自己逐渐被推向了现实社会。于是，不能不羡慕那位得意洋洋的倭铿，是他将这场讨论公之于世的。

胡　子

离开学校之后，我当时曾在小石川的一座庙里寄宿，那里的和尚以占卜为副业，薄暗的门厅里时常摆着算筹和筮签。本来就不是挂牌公开的买卖，每天前来问卦的，多至四五人，少的时候夜晚连捻搓筮竹的声音都听不见。我本不重视根据《周易》判断运势、吉凶，故于此道同和尚无缘。很长一段时间，隔着一道隔扇静听和尚同问卜者的谈话，和尚总喜欢顺着当事人的愿望，说些婚配方面的好话。可我同和尚从未面对面谈过这类事情。

一次，谈话时不巧涉及相面和风水等和尚份内的事儿，我半开玩笑地问道：

“我的未来如何呢？”

和尚久久凝视着我的脸，答道：

“没有什么坏事。”

没有什么坏事，等于说也没有什么好事。实际是宣告“你的命运很平凡”。我无可奈何，只好沉默不语。于是，和尚说：

“你见不到父母临死的面。”

我说：

“是吗？”

他又说：

“下回你将一直向西，一直向西。”

我又说：

“是吗？”

最后，和尚劝我：

“早些留胡子，早些买地皮盖房子。”

我说：

“我要是能买地皮盖房子，早就不会来打扰你啦。”

不过，我想弄清楚下巴颏留胡子，同买地皮盖房子究竟有什么关系，所以反问他一句。这时，和尚一本正经地回答说：

“将你的脸分成上下两部分，上面长，下面短，很不稳当。因此，早些留胡子就能使上下匀称，整个脸孔基础稳固，安然不动。”

和尚对我的面孔巧作打扮，并加以物理或美学的批评，并以此支配我未来的命运，对此我只觉得好笑。于是，我对他说：

“你说得在理，在理。”

不到一年，我去了松山，接着又转往熊本，由熊本又去了伦敦。也就是和尚说的“向西，向西”。我的母亲在我十三四岁的时候死了。当时虽然住在同一座东京，终于没有能为她送终。接到东京发来的父亲去世的电报，当时是在熊本。由此看来，和尚关于“见不到父母临死的面”，这句话全都应验了。

至于留胡子一事，从那时到如今，天天刮得精光，所以，买地皮盖房子是否能和留胡子一起获得实现，至今还是个未知数。

可是，在修善寺一旦得病躺下来，面颊又开始扎扎拉拉的了。每隔五六天，我都要一根根揪去，但过不多久，从脸颊到下巴颏又密匝匝长得不留一点儿空隙。和尚的提醒隔了十七八年才开始起作用，到底长出一脸胡子来了。妻说，干脆任它生长好了。我也有这个意思，不断来回抚摸那一部分地方。但是，头发好几天不洗不梳，满头油垢，不堪忍受。有一天，叫来理发师傅，躺着虽说不太彻底，对头发收拾一番，又刮干净了脸。当时，又把买地皮盖房子的资格丢得干干净净。身边的人都齐声起哄：

“年轻多啦，年轻多啦！”

只有妻子感到很惋惜，吃惊地问道：

“哎呀，怎么把胡子都剃光了呢？”

比起丈夫病体的恢复，妻子更想要的是地皮和住房。假如我不剃胡子就能保证置地买房，那么我会使下巴颏保留原样的。

其后，我一直刮胡子。每天一早从床铺里起来，眺望着对面三楼楼顶和自己房间障子门之间仅有的一角山峦，反复抚摸自己剃去胡须的光洁而平滑的面颊，心情很快乐。看来，置地买房只好断念了，姑且享受这无尽的老后的快乐好了。

客梦回时一鸟鸣，夜来山雨晓来晴。

孤峰顶上孤松色，早映红暾郁郁明。

寺　鼓

修善寺村名兼寺名，这件事儿我来之前早就知道了。然而，这座寺用敲鼓代替撞钟，却是我未曾料到的。我完全忘记是何时知道的了，只是现在我的耳鼓上，还遗留着想象中的大鼓时时发出的咚咚的响声。每当这时候，我也必定想起去年的病。

一想起去年的病，也就想起新的天花板、新的壁龛，以及悬挂在壁龛里的大岛将军的从军诗。同时，也想起当时从早到晚无数遍反复背诵这首诗的情景。新的天花板、新的壁龛、新的房柱，以及开关不很灵光的新贴的障子门，如今历历浮现在眼前；但是，那从早到晚无数遍反复阅读的大岛将军的诗，却老是读了就忘，眼下只记得白墙般的白缎子上，到处都挂着同样宽窄的文字，头尾都折叠出一道黑线。至于句子，除了开头的“剑戟”二字外，其余都不记得了。

每当想象的大鼓在我耳畔敲响咚咚的声音，我就想起了当时的一切。诸般事情中，我想起仰躺着一动不动，强忍着屁股的阵阵疼痛，静待天明。修善寺大鼓的响声，带着一种难以言状的联想，随时都会在我的耳朵里猝然鸣响。

这种大鼓发出的声音，最少风流，最煞风景。这粗劣的响声，仿佛斩头去尾，只把中间一段自暴自弃地向暗夜抛掷，随着一声“咚”的音响，蓦然静止了。我侧耳静听，一度静下来的夜气，很难再动荡起来。过了好大一会儿，刚意识到是否错觉，又是 “咚” 的一声。这种干枯无味的响声，如落水的石头一样，迅速消失在夜里，静寂的表面没有任何动荡。失眠的我，犹如埋伏的士兵，静待着下一次鼓声的到来。这下一次鼓声也不是轻易来临的。终于，像第一次第二次一样，那干涸的响声——很难称为响声，于黑暗的空气里，突然毫不客气地“咚”的一声，隐藏着直笔的音响，叩击着我的耳鼓。于是，我越发感到了夜的深沉。

当然，夜也有漫长的时候。到了那时节，暑热次第过去，逢到下雨天气，斜纹哔叽上罩着羽织外褂，要么干脆一早就穿上夹袄。否则，很难抵挡阵阵寒冷。太阳从山端沉落的时候，便是白天最短的日子，似乎一过中午就是夜晚，得赶快点起灯来，而且长夜难明。我每天晚上，很害怕渐渐蚕食白昼的漫漫长夜。一睁开眼，准是黑夜。心里念叨着，还有几个小时被活活埋葬在这寂静的暗夜中呢？想到这里，我就忍受不住自己的病痛。我再也不愿凝视着新的天花板，新的房柱，新的障子门。我最不忍再看到那写在白缎子上的斗大字体的挂轴。啊，我只巴望快些天亮！

修善寺的大鼓此时又“咚”地响了。那稀疏的间隔，仿佛故意使我等得着急，一声一声在暗夜里震荡。每五分或七分响一次，接着渐渐繁密，最后赛过暴雨的雨滴。照我的理解，这是报告不久就要出太阳了。一阵鼓声过后，不一会儿，护士起来了，她到室外的走廊上打开挡雨窗。这是我最高兴的时候，外面总是一派朦胧。

大凡去过修善寺的人，或许没有谁比我更精密地研究过寺庙大鼓的了。结果呢，直到现在，“咚”的一声毫无余音的钝响，一直错觉般地保留在我的耳鼓上，一遍又一遍，不断重复着同一种难以言表的心绪。

梦绕星潢泫露幽，夜分形影暗灯愁。
旗亭病近修禅寺，一幌疏钟已九秋。

花　草

一心想饱览一下满山遍谷的百合花，当我泛起此种联想的第二天，就倒在床上起不来了。想象中，我看到永不凋谢的粉白的花朵，如围棋子一般点点开放。浓重的芳香，沉浸于将它包裹在怀里的绿色深处，随着阵阵山风飘摇，叶子时时苦闷地重叠在一起。——不久前，旅馆的客人从山里采来一枝插在花瓶里，望着那粉白而硕大的鲜花，嗅着馥郁的香气，我的头脑随即浮现一幅无形的广阔的画面。

我想起一个月前，芥舟君把唐菖蒲放在床头的时候，谈吐中他告诉我，《圣经》上所说野百合就是现在的唐菖蒲，同野百合的感觉完全不一样。尽管我和《圣经》缘分很浅，但我还是强烈思念长在热带、如射干一般巍然挺立的唐菖蒲，怀念它所表现的幽深的情趣。别说什么唐菖蒲了，我所想象的清幽的花朵，还没有机会见过一枝就立秋了。百合随夜露萎谢了。

人们为着我这个病人进入后山，到各处采来了几株花草。后山离我的房间很近，沿走廊一直登上去就到了。即便躺在床上，只要敞开房门，走廊外塞满檐间的一片山峦就在眼皮底下，其中一部分是由岩石、草木和岩缝间迂回而上的小路所组成。我望着那些为我而上山的人，他们离开绿树的梢顶，到达檐间高处的时候，暂时隐没了身影，不久又从另一方向出现，接着又消失于我的视线之外，看过去变幻无穷。过一会儿，我又不经意地发现他们的身影又由栏间上方曲折而下了。那些人一律穿着粗布花纹浴衣，阳光强烈时，头上扎着手巾。看他们的样子，不像是走在崎岖的山间小路上，人人抱着鲜花，倏忽打岩石后边钻出来。那是戏剧中一种常见的动作，在病人眼里显得有些滑稽可笑。

他们为我采集的是极其缺乏色彩的野生秋草。

一个寂静的正午，细长的芒草就要倒伏在地上了，一看，不知从何处来的一只蟋蟀，一动不动地趴在草丛中间。此时，眼见着芒草就要被虫体压弯了。壁橱新贴的银色的门扉，映出几分莹绿，模糊而黯淡。这种不很分明的影像引诱着我的眼眸，更加刺激着我的运动的神经。

芒草大都很快蔫缩了。即便能够活得较为长久的女郎花，看上去也觉得色感不足。当我想到秋草渐渐凋零、令人凄然难耐的季节，开始看到蜀红葵开出火焰般的红花。我叫人给当班的老婆子一些钱，以便折一些回来。老婆子拒绝了，她不要钱。据说花是人家寄存的，不能送人。听了这番话，我一心想弄明白，那些花儿开在哪里？什么样的老婆子？她守着花儿又是一副怎样的神情？蜀红葵的花瓣儿虽然火一般红，第二天就零落殆尽了。

沿着桂川河岸走去，一路满是盛开的波斯菊。波斯菊也时时映照着病房，所有花草之中，唯有这种花儿最简单、最长久。我望着那单薄而整齐的花瓣儿，以及浮泛于空中的卓然不群的风情，给了波斯菊“好似干米果”的评价。有人问我为什么。至于那位范赖[1]的守墓人，将自己栽种的波斯菊分一些给我，已经是很久以后的事了。听说这位守墓人答应将花盆里的波斯菊借给我观赏。我也很想见见他，最后从岛山城址带一些木通草来插在花瓶里，那颜色就像褪色的茄子。其中有一枝被鸟啄空了。——随着瓶中的花草次第改变，时令也渐渐进入了深秋。

日似三春永，心随野水空。
床头花一片，闲落小眠中。

〔1〕源范赖（？—1193），平安末期武将。始襄其兄源赖朝举兵讨伐平氏，继而助义经讨伐义种。灭平氏于一谷、坛之浦。后兄弟阋墙，为赖朝所疑，受戮于修善寺。

白发人生

青年时代失去两位兄长。他们两人都长期卧床，临终时肌肉刻印着深受疾病折磨的痛苦影子。但是那长了很长时间的头发和胡子，直到死后依然浓黑如漆。头发尚不太显眼，至于那不能随时剃去的胡须，一味疯长，脏兮兮的，看上去怪可怜的。其中一位兄长那又粗又硬的胡子的颜色，我现在还记得。死时他的脸显得很凄凉，憔悴而瘦小。可唯独那副胡须长势旺盛，胜过健康的汉子。两相对照，使人感到既可怕又可惨。

身罹大患，生生死死被弄得满城风雨的我，有那么奇怪的几天却是在非生非死的空间里度过的。当我稍稍明白了存亡的领域之后，出于确认一下自我存在的愿望，赶紧揽镜自照一番。这时，几年前去世的兄长的面影，猝然从冰冷的镜面一掠而过。形销骨立的双颊，失去体温的清黄的皮肤，深深凹陷毫无动感的眼睛，还有任其蔓延的头发和胡须，——不管怎么看，这些都是属于兄长的。

只是哥哥的头发和胡子临死时依然漆黑，而我的却不知何时夹杂了缕缕银丝。想来哥哥是在生出白发前死去的。死，也许这样更为好些。鬓角和两颊渐渐为白发所冒犯，仍然一心一意想活下去的我，和那些青春年少就舍世而去的壮士比起来，总有些羞羞答答，割舍不得。映入镜中的我的表情里，不用说流露了人生无常的困惑，也多少带有老而不死的惭愧。《为了青年人》一书中写道，人不论活到多大年纪都不会失掉少年时代的性情。我赞成这个说法。想起阅读这本书的情景，我真想回到那个时代里去。

《为了青年人》的作者，虽然长期为病苦所折磨，但直到临死始终保持快活的性情，是个不说谎话的人。然而可惜的是头发乌黑就死了。倘若他能活到六七十岁的高龄，也许不会说得这样绝对。想到这里，我还是有些可回忆的事。

自己二十岁时，见到三十岁的人就觉得有很大隔膜，等自己也到了三十，才明白其心情是和二十岁的往昔一样的。我在三十岁时，一接触四十的人，感到差异很大。可到了四十，回忆起过去三十岁来，才弄明白自己依然是以同样的性情生活着。所以对史蒂文生的话深信不疑，因而经世到今天。但是，从几根白发可以看出外部萌生的老颓的征候，病里揽镜也和健康时的意趣迥然各异，在那一刹那的感情里，再也找不到年轻时的影子了。

为一头白发所迫、狠狠心老老实实跨进老迈的门槛呢，还是掩盖这头白发依然在青春的街巷徘徊呢？揽镜的瞬间没有想得这么多。在还没有必要考虑这个问题的时候，病中的我便疏远了年轻的人们。生病前和一位朋友一起吃饭，那朋友看了看我剃得很短的额角，问我是不是苦于此处为白发所侵才越修越高的。看我当时那样神气，人家有充分理由这样问。但是罹病后的我，变得十分达观而宁静，我已经顾不得考虑什么白发不白发的事了。

今天病愈后的我，是活在病中自己的生命延长线上呢，还是回到了和朋友共餐时那种病前的青春年代呢？是打算阔步于史蒂文生所说的道路上呢，还是否定这位英年早逝者的话，决心进入老境呢？迷惘于白发和人生之间的人，在青年们眼中肯定是奇怪的，然而，对于他们青年人来说，立身于坟墓和浮世之间而难以决定去留的时期，不久也会来临的。

桃花马上少年时，笑据银鞍拂柳枝。
绿水至今迢递去，月明来照鬓如丝。

病愈回归

起初只是漠然望着空中躺着。过了一阵，就想起什么时候能回去。有时恨不得马上就走才好。但是，一个在床上连起坐的力气都没有的人，怎经得住火车的颠簸和半日的远行？想到这，觉得归心似箭的自己是多么傻气。因此，我从来不向身旁的人打听何时回去。这当儿，秋已卷着几多昼夜在我心头走过去了。天空逐渐高渺，湛蓝，遮盖在我的心头上。

到了动一动也无妨的时候，从东京另请两位医生来，征求他们的意见，约定两周以后出院。打说这话的第二天起，我就对自己的住地，睡的房子，立即感到难舍难分起来。我希冀这约定的两周时间慢慢悠悠地过去。从前在英国时，曾十分怨恨英国，就像海涅怨恨英国那样，打心眼里憎恶它。然而到了起程的一天，当看到伦敦街头涌动着许多素不相识的人们汇集成的海洋时，我立即感到，包围他们的灰色空气的深处，蕴含着适合于我呼吸的气体。我仰望天空，伫立于大街的中央。

如今，我两周后就要离开此地。我横卧着病躯，不得不独自伫立于床铺之上。我伫立于为我特制的高一尺五寸的大的稻草垫上，伫立于划破庭院寂静的鲤鱼跳水的声音里，伫立于在朝露润浥的屋瓦上摇头摆尾、远近散步的鹡鸰上，伫立于枕畔的花瓶旁，伫立于廊下潺潺流动的水声里。我继续低徊于围绕在我身边的许多人中，等待着这两周时间的过去。

这两周使人既非长久难耐、无可期盼；也非瞬间即逝、意犹不足。它和普通的两周一样到来，又像寻常的两周一样离去。而且赏我一个细雨蒙蒙的拂晓作为最后的纪念。窥伺着阴暗的天空，我问下雨了吗？人们回答我，下雨了。

人们为了搬运我，造了一个奇怪的装置，抬进了客厅。它长约六尺，宽不足二尺，颇为窄小。设计很精巧，一头可以向上掀起，离开榻榻米一尺多高，而且全部裹上了白布。我被人抱起将背靠在高起的前头，把脚伸平在另外的一头。当时我想，这就是送葬呀。对着活人说送葬，这话有些不妥，但我总是想，这白布包裹的玩意儿说床不是床，说棺不是棺，横卧在上面的人不是活活当作死人被埋葬吗？我口中不住念叨第二次葬礼这句话。因为我想，别人一生一度的葬礼，唯独我必须举行两次才能罢休。

抬出屋子是平衡的，下楼时台子倾斜，险些从肩舆上滑落下来。走到大门，同住的浴客一起簇拥过来，从左右两边目送着这白色的肩舆。大家都像送葬一般静候着。我的寝台穿过人群，抬出了防雨的庇檐。外面也围着好些看热闹的。不多时，肩舆竖着放上马车，前后架在两张座位上。因为事先量好了尺寸，所以正好卡在车厢之中。马在雨里走动了。我躺着倾听雨点打在车篷上的声音。所幸，驭者席和车篷之间露出狭窄的空当儿，从这里可以望到巨大的岩石、松树和片断的流水。我看到竹园的颜色，柿树的红叶，山芋叶和木槿花篱笆墙，嗅到了黄熟的稻香。当我看见这一切情景时，感到欢欣鼓舞，仿佛又获得了新生。本来嘛，如今正是我也应该拥有的季节呀！再向前行，就是我回归的处所，那里展现一片崭新的天地，它正等待着使古老的记忆从沉睡中苏醒过来吧？我独自陶醉于想象之中。同时，直到昨日我所留恋的稻草垫、鹡鸰、秋草、鲤鱼和小河，都消失得无影无踪了。

万事休时一息回，余生岂忍比残灰。
风过古涧秋声起，日落幽篁暝色来。
漫道山中三月滞，讵知门外一天开。
归期勿后黄花节，恐有羁魂梦旧苔。

1910年10月29日—1911年2月20日

病院的新年

一生只有这一回是在医院里过年的。

天渐渐黑下来的时候，门上的松饰依稀在眼前晃动。想到自己这次难得的经历，觉得有些异样。这种想法只在头脑里盘旋，丝毫不影响心脏的跳动，你说怪不？

我躺在洁白的病床上，想到自己同即将到来的春天如此结合在一起了。我诚恳地思索着命运的狂醉与迷惘。然而，当我起来坐在桌前用膳的当儿，一心想着这里就是我的家，而毫不以为怪。因此，辞旧岁迎新春，并没有使我产生多少感慨。这是因为我长久待在医院，早已深深扎根于病人生活的圈子里了。

临近除夕，我本来打算买两棵小松树立在自己病房的门口。不过，要使松树站立就得钉钉子，这样会给漂亮的房柱留下伤痕，于是作罢了。护士要到外头买梅树，我答应了她。

这位护士自修善寺以来直到我出院，半年期间始终没有离开我的身边。我时常故意喊她原名：

“町井石子小姐，町井石子小姐。”

我也经常把她的姓和名弄颠倒了，叫她：

“石井町子小姐。”

这样一叫，护士就歪着脑袋说道：

“还是改过来的好。”

最后，我毫不客气地给她起了外号，叫“黄鼠狼”。有时我说她：

“你长得像什么什么。”

她就回我说：

“反正我不像那个东西。要说一个人像什么，那准是一种动物，不大可能像别的东西。”

她大喊：

“要是说我像植物，那就糟啦！”

最终，还是叫她“黄鼠狼”。

黄鼠狼町井小姐不久拎着红白两枝梅花归来。她把白梅插在藏泽[1]画的竹子前边，红梅放进粗大的竹筒，摆在壁橱上。最近，有人送来中国水仙，蜷曲生长的叶子中间，频频散放着白嫩的馨香。町井小姐安慰我说：

“您的病明显好转，明天一定能在一起吃煮年糕，庆祝元旦。”

除夕之夜的梦照例降临在枕上。如此大病一场，成为一名

〔1〕吉田藏泽（1721—1802），江户后期伊予藩士，画家。

病号，在医院里度过好几个月，最后在这里吃过年年糕以示庆祝。想到这里，头脑中清楚地浮现出 irony[1] 这几个罗马字母。尽管如此，心中丝毫没有什么不堪忍受之感。四十四岁的春天，自动从朝南的廊缘边放亮了。正如町井小姐所预言的那样，尽管是形式上，但一块小巧的年糕还是带着节日的喜气映入病人的眼帘。我虽然领悟了这碗年糕辉耀于自家头顶的意义，但却感觉不出任何诗味儿。对于这小小的年糕，我只是平凡地咬了一口，“咕嘟”咽下去了。

二月末尾，病房的梅花绽开的时候，经医师的许可，我又成为广阔世界的一员了。回头看看，住院期间，多少同我一样命运的人，失去再次见到广阔世界的机会，死去了。一位北方的病人，住院后病势急剧恶化，看护的儿子很担心，除夕夜里带着父亲赶回故乡，火车尚未到达，就死在路上了。同我隔开一间的邻居，自觉死期已到，听天由命，不把死当回事儿，平静地走完悲惨的一生。住在对过稍远的一位胃溃疡患者，他那剧烈的咳嗽一天天变小了，心想大概没事儿了。一问町井小姐，原来因为衰竭，结果不知何时死去了。有的病人得了癌症，实在没希望了，但自己抱有怀疑，硬是装出一副高兴的样子，查房时，不管医师到没到，立即坐起来等着。我记得町井小姐说过，有位病人对陪护的老婆拳打脚踢，老婆躲在厕所里哭，护士看不下去，跑去安慰一番。还有一位食道狭窄的病

[1] 意即“讽刺”。

人，痴迷之余，住院时带来针灸师为他针灸，采来海草煎药喝，拼命想把不治之症治好。

我和这些人同住一座屋檐下，同吃一样的饭食，共同迎接一个春天。出院后到今天一个多月了，将过去一把攫住，摆在眼前一看，irony 这个词儿，更加鲜明地浮现在脑里。不知何时，眼下的 irony，伴随着一种实感，将两者交互黏着在一起了。黄鼠狼町井小姐、梅花、中国水仙，还有煮年糕——这一切寻常的风景与情趣消失殆尽，仅仅留下当时的自己和如今的自己，莫非为了使两者作一鲜明的对比？

1911年4月13日

译后记

明治文豪夏目漱石（1867—1916）和年长五岁的森鸥外，同是日本现代文学初期的巅峰人物。文学史上一般称他为余裕派、俳谐派或高蹈派。夏目漱石通晓汉学，长于写作汉诗和俳句，同时又是一名卓越的英国文学学者。1905年三十八岁时，以长篇小说《我是猫》以及《伦敦塔》和《幻影之盾》等作品震动文坛，吸引着众多文学青年的目光，使之纷纷投其门下。1906年创作《哥儿》和《草枕》两部中篇小说，进一步奠定了坚实的文学家地位。1907年四十岁时，毅然辞退东京大学教职，进入朝日新闻社，专念于文学创作，两年内连续发表了《虞美人草》《矿夫》《文鸟》《梦十夜》和《三四郎》等小说。1909年，漱石写作散文随笔

《永日小品》，于《朝日新闻》报连载小说《从此以后》，并到中国东北和朝鲜半岛旅行。1910年6月，因罹患胃溃疡住院。8月到修善寺作异地疗养，病情日渐危笃。这段养病生活，在文学史上称作“修善寺大患”。其后，作家的注意力逐渐转向内省，注目于自我和孤独。1911年，漱石辞退文学博士的授衔，在这以后直到病逝的五六年内，写作了《往事漫忆》（1910—1911）、《春分时节》（1912）、《行人》（1912）、《心》（1914）、《玻璃门内》（1915）、《道草》（1915）等随笔和小说。1916年写作《明暗》，作品未能完成。这年12月9日，病衰而死。

夏目漱石的散文随笔，较之他的小说，虽然数量不多，但文学价值同样不容忽视。就题材来说，漱石散文多是记述人情往来、家庭生计、读书属文以及疗病养疴等生活中的琐末细事，在明治、大正时代的随笔文学中，小院闲花，风情自在，别开一方胜境。

《永日小品》这组作品，有些篇章称小说亦无不可，如《元旦》《柿子》《山鸡》和《挂轴》等。笔墨轻松自然，行文游刃有余。鲁迅早年翻译过其中的《挂轴》和《库莱格先生》（译名分别为《卦幅》和《克莱喀先生》）。我不敢妄说鲁迅受到漱石什么影响，但我阅读漱石这些作品，不由联想起《藤野先生》《药》和《故乡》等名篇来。其中有何奥义，我也弄不清楚。

《往事漫忆》主要记述作家重病住院的一些事情。漱石1910年6月因胃溃疡住进东京胃肠医院，8月赴修善寺疗养。不久病情恶化，再度住进原来的胃肠医院。这部分作品主要描写“修善寺大患”以及二次住院直到病愈出院时的一段往事。

修善寺原名修禅寺，是伊豆半岛北部的温泉之乡。当年漱石养病的温泉旅馆名曰“筥汤”（hakoyu），传说是镰仓幕府二代将军源赖家入浴之所。浴场旁边有一座高十二米的“仰空楼”，楼顶镌刻着夏目漱石病中写的汉诗：“仰卧人如哑，默然见大空，大空云不动，终日杳相同。”这首诗也被勒石制作为文学碑，树立于修善寺自然公园内。

为了探知作家的这段生活，2012年12月初，我特意去了一趟修善寺。一个阴霾的冬日午后，时雨霏霏，松风谡谡。踏着满地湿漉漉的红叶，沿着蜿蜒的小路攀登自然公园后山，在一簇蓊郁的松杉林里寻到了这座文学碑。黝黑的大理石碑高大雄伟，碑面深深雕凿着漱石的草书体文字，笔势飞动，气象壮美，很难想象出自病人之手。

漱石在修善寺疗养期间，那里的清风明月、山林泉石都未能使他孱弱的病躯得以恢复，反而愈加危笃，呕血数日，沉眠不起。对于夏目漱石来说，这场病既是生死的考验，也是心灵的净化，从而孕育了作家晚年所逐渐成形的“则天去私”的人生理想。他说：“头脑里不要只惦记着活下来的自己，也要想想那些在生命的钢丝上一脚踏空的人。只有将他们和幸福的自己加以对照，方可感到生命的可贵，才会懂得怜悯之情。”（参见《往事漫忆·院长和病人》）画家东山魁夷也说过类似的话：“一个人的死关系到整个人类的生。死，固然是人所不欢迎的；但是，只要你珍爱自己的生命，同时也珍视他人的生命，那么，当你生命渐尽，行将回归大地的时候，你应该感到庆幸。”（《一片树叶》）

《暖梦》于本年初着手翻译，收入《永日小品》的大部分和《往事漫忆》的全部以及过去零星发表的散篇译作。《往事漫忆》原文诸篇只有序号，为了醒目和便于阅读，译者根据每篇内容分别加了一个小题目，请读者留意。这本书使我重新亲近一次夏目漱石，也使我重温了因腰疾住院、两次手术，以及数十年为病痛所折磨的凄苦的人生经历。因为，疾病同样铸炼了我的孤独与坚忍。

从另一种意义上说，疾病是良师，疾病叫人变得纯粹，叫人抛却浮世烦累。一旦躺在医院病床之上，满眼洁白一色，随处飘溢着药水的气味儿。这一切都在时时提醒你：当前面对的，只有生死，别无其他。

译者

2013年2月10日

癸巳年正月初一

慢读译丛

格拉斯米尔日记

〔英〕多萝西·华兹华斯著　倪庆饩译

山海经

〔法〕儒勒·米什莱著　李玉民译

炉边情话

〔日〕幸田露伴著　陈德文译

那一张张鲜活的面孔

〔俄〕吉皮乌斯著　郑体武译

晴日木屐

〔日〕永井荷风著　陈德文译

如果种子不死

〔法〕纪德著　罗国林译

品格论

〔法〕拉布吕耶尔著　梁守锵译

造园的人

〔日〕室生犀星著　周祥仑译

林荫幽径

〔俄〕蒲宁著　戴骢译

暖梦

〔日〕夏目漱石著　陈德文译

书籍的世界

〔德〕赫尔曼·黑塞著　马剑译

密西西比

〔美〕威廉·福克纳著　李文俊译